MONIKA HELD

DER SOMMER DER PUPPEN

Für Barbel

aus dem

Puppenmuseum

Wilhelmsbad

Monika

16. Mai 2024

atb aufbau taschenbuch

MONIKA HELD wuchs in Hamburg und Cuxhaven auf. Sie ist Journalistin und Autorin und hat für verschiedene Rundfunkanstalten und Zeitschriften gearbeitet. Ihre Reportagen wurden mit zahlreichen Preisen ausgezeichnet. Sie schreibt Romane und lebt in Hamburg und Nordfriesland.

Ein nächtlicher Anruf reißt Pia aus dem gewohnten Leben: Ihre Mutter hatte einen Schlaganfall, und Pia soll sie in der Pension an der Nordsee vertreten. Sie zögert. Zu schwierig ist das Verhältnis zur Mutter, deren verschlossene Art ihr rätselhaft ist. Schließlich fährt sie doch. In der Pension erwarten sie Sommergäste, die Pias Mutter besser kennen als sie selbst. Es ist an der Zeit, Fragen zu stellen: Warum gibt es in allen Zimmern beschädigte Puppen? Wer ist die Frau auf der Zeichnung, die Pia im Sekretär der Mutter findet – und wer ist dieser Herr Bittermann, der seine Sommer im Keller der Pension verbringt und dem Pia eine weiße Lilie ans Bett stellen soll?

MONIKA HELD

DER SOMMER DER PUPPEN

ROMAN

atb aufbau taschenbuch

MIX
Papier aus verantwortungsvollen Quellen
FSC® C083411
www.fsc.org

ISBN 978-3-7466-3901-7

Aufbau Taschenbuch ist eine Marke
der Aufbau Verlage GmbH & Co. KG

1. Auflage 2022

Umschlaggestaltung www.buerosued.de, München
unter Verwendung von Motiven von
© ClassicStock / akg-images / Ewing Galloway und
© ullstein bild – Ludwig Boedecker
Satz Greiner & Reichel, Köln
Druck und Binden CPI books GmbH, Leck, Germany
Printed in Germany

www.aufbau-verlage.de

Steh nicht auf! Stopf dir Watte in die Ohren! Schlaf weiter!

Was ist schlimm an einem Anruf in der Nacht?

Da ruft der Teufel an, mein Kind, das kannst du mir glauben.

Sie muss es wissen. Am späten Abend wurde meiner Mutter der Unfalltod ihres Mannes mitgeteilt. Als sich ihr Bruder Hans das Leben genommen hatte, rief man sie morgens um vier an, und irgendwann, ohne Vorwarnung, sagte eine junge Stimme fünfzehn Minuten nach Mitternacht: Ich heiße Katja König. Ihr Mann ist mein Vater.

Was tun, wenn das Klingeln den Traum zerreißt? Wenn es gar nicht der Teufel ist, der mit dir sprechen will?

Ich stehe auf. Es ist meine Mutter, die mit merkwürdig verzerrter Stimme sagt: Bin im Krankenhaus. Sie vermeidet lange Sätze: Flurteppich, sagt sie, ausgerutscht. Liegen geblieben. Schwarzes Loch. Ihre Aussprache ist verschwommen, als wäre sie betrunken. Was ich allmählich verstehe: Die Schwestern Gewiese, die Gäste aus Zimmer 2, Haus 1, hatten sie beim Heimkommen gefunden und den Notarzt gerufen. Diagnose: Schlaganfall. Kleiner Schlaganfall, nicht so schlimm.

Dann ist es still in der Leitung.

Mama, wie geht es dir?

Alles gut, nuschelt sie. Ist, wie es ist. Aus dem Alltag geflogen, nicht aus dem Leben.

Eine Feststellung, keine Klage. So ist sie, meine Mutter. Sie lebt, und der Rest lässt sich regeln.

Und weiter?

Eine Pension ohne Wirtin ist wie ein Schiff ohne Kapitän.

Ja, Mama, ich weiß.

Ich frage nach Judy, meiner Schwester, die es näher zu ihr hat. Zwei Stunden statt sechs.

Judy hat Urlaub.

Super. Passt doch.

Passt nicht. Meine Schwester Judy sitzt auf gepackten Koffern, der Flug ist gebucht – ich könne doch nicht wollen, dass sie ihren wohlverdienten, wertvollen …?

Doch. Genau das will ich.

Sie holt tief Luft. Schweigt. Ist das das Ende ihrer Geduld oder der Anfang einer Panik? Gleich wird sie sagen: Judy kann das nicht!

Ich weiß, dass sich meine Schwester vor Menschen fürchtet. Und ich? Darf ich mich nicht vor einer vollgestopften Pension fürchten?

Mama, bist du noch da?

Judy kann das nicht!

Mama, ehrlich: Wie viele Gäste?

Hochsaison. Ausgebucht.

Ich sehe auf die Uhr. Halb sechs. Meine Mutter hatte sich noch vor dem Ende der Nachtschicht ein Telefon ans Bett organisiert.

Ich rechne: fünf Einzelzimmer, drei Doppelzimmer, zwei Ferienwohnungen, eine umgebaute Garage mit Doppelbett. Der Gast für das Zimmer im Keller kommt in zwei Tagen, in der Stube unter dem Dach wohnt ein junges Paar. Ich rechne. Das sind zwanzig Erwachsene und ein paar Kinder. Der Trost: Gäste in Ferienwohnungen machen nur Arbeit, wenn sie aus- oder einziehen.

Es wird still zwischen uns. Unmöglich – ich kann hier nicht weg. Ich recherchiere für ein Drehbuch. Ich habe einen Abgabetermin für das Exposé. »DieEdith« ist die Geschichte einer Frau, die in weißen Gewändern durch die Stadt geistert und abends verschwindet, niemand weiß wohin. Eine gepflegte Dame, keine Bettlerin, aber eine Streunerin, die Flaschen sammelt, als handle es sich um Schätze. Was wird aus dem Projekt, wenn ich jetzt aus der Stadt verschwinde? Ich habe Termine, bin mit Menschen verabredet, die darüber entscheiden, ob aus einem Exposé eine Komödie oder Tragödie werden soll oder überhaupt ein Film. Ich kann nicht weg – und ich will es auch nicht. Ich habe hier Freunde, ich lebe in einem Stadtteil, in dem jeder jeden kennt. Hier ist mein Kiez mit Bäcker, Metzger, Kino und Café.

Vielleicht können Nachbarn einspr…? Keine gute Idee. Alle Familien haben im Sommer das Haus voller Kurgäste. Ich könnte das Arbeitsamt anrufen und – was fragen? Haben Sie einen Mutterersatz?

Als habe sie mir beim Nachdenken zugehört, nuschelt meine Mutter: Ich dulde keine Fremden in meinem Haus.

Aber Mama …

Wozu das Geld, das man einnimmt, für Personal ausgeben!

Ich sehe sie vor mir. Die Decke zurückgeworfen, als wolle sie aus dem Bett springen. Sie trägt das von zwei Frauen schnell in eine Tasche gestopfte Seidennachthemd. Sie braucht Unterwäsche. Sie braucht Schuhe, Waschlappen, Seife, eine Dose Nivea, Zahnbürste, Zahnpasta, Bücher. Kamm, Bürste, Haarshampoo. Sie braucht einen Morgenrock und Hausschuhe. Sie ist eitel. Sie braucht eine Pinzette für nachwachsende Kinnhaare, den blassen Lippenstift und das helle Puder. Man muss ihr einen Koffer packen, einen richtigen Krankenhauskoffer. Ich sollte jetzt schnell und energisch Nein sagen – aber meine Mutter würde verrückt bei der Vorstellung, dass fremde Menschen durch ihre führungslose

Pension geistern und in ihren Schränken wühlen. Ein Schiff ohne Kapitän ist dem Untergang geweiht, das weiß jeder, der am Wasser lebt.

Ich höre ihren Atem. Er ist leicht und flach. Sie hat Angst. Sie wartet. Sie hält die Luft an. Wenn sie wenigstens sagen würde: Bitte, Pia, hilf mir doch. Ich sehe ihr Gesicht. Wenn sie Angst hat, werden ihre Augen hell und klein, und zwischen den Augenbrauen steht eine steile Falte, und ihre Lippen, weil sie die bei Stress nach innen zieht, werden schmal wie ein Bindfaden. In all den Jahren als Pensionswirtin ist sie noch nie ausgefallen. Nie. Keine Erkältung, kein Unfall, immer gesund.

Meine Mutter hasst Bitten und Betteln. Lieber schweigt sie das Kind an, das sie für das stabilste hält. Und das freundlichste. Pia ist lieb. Pia hat ein gutes Herz. Pia kann man ausnutzen. Pia gibt ihr letztes Hemd, wenn es sein muss. Pia bin ich. Und vor allem bin ich das Kind, das keinen Urlaub nehmen muss, weil es ja immer Urlaub hat. Die scheue Judy ist die rechte Hand eines Patentanwalts mit blitzblankem Messingschild an der Kanzleitür. Meine Schwester hat sich in einem edlen Büro ein Nest gebaut, beschützt von Zahlen, Paragrafen, Gesetzen, Ordnern und Aktenschränken. Judy, unser Reh.

Meine Schwester hat ihren Namen dem »Zauberer von Oz« zu verdanken, einem Film, den meine Mutter als junge Frau so oft gesehen hat, dass sie die Dialoge bis heute auswendig kann. Judy Garland spielte das Mädchen Dorothy. Lange, dunkle Zöpfe, große Augen, sehnsüchtig zum Himmel gerichtet, singt sie mit heller Stimme: *Somewhere over the rainbow. Birds fly over the rainbow, why them, oh, why can't I?*

Aus meiner Schwester ist keine Judy Garland geworden. Zu scheu, zu ängstlich, dünne, helle Haare. Kein Mädchen, das mit einem treuen Hund, einer Vogelscheuche, die gerne klug wäre, einem Blechmann ohne Herz und einem feigen Löwen gegen das Böse der Welt antritt. Meine Schwester als Pensionswirtin – sie würde sich in der Küche verstecken oder zwischen der Bügelwäsche im Keller: Ich kann nicht. Ich mag nicht. Ich fürchte mich. So baut man sich aus kleinen Sätzen einen sicheren Raum.

Also ich. Oder?

Ich schreibe Drehbücher, was man, da hat meine Mutter recht, immer und überall tun kann. Im Zug, im Café, auf der Parkbank – auch in einem Pensionsbetrieb, in dem meine Mutter in den Sommermonaten zwischen Sonnenaufgang und Sonnenuntergang einer aufgezogenen Maus gleicht? Speedy Gonzales. Und heute wieder frech und froh: die schnellste Maus von Mexiko.

Mama?

Ich hasse Schweigen, aber ich kann es auch. Länger als sie.

Du kannst doch, sagt sie endlich mit der neuen, fremden Stimme, du kannst doch abends, wenn die Gäste auf ihren Zimmern sind … Du musst ja nicht fernsehen. Lange Abende auf der Terrasse sind etwas sehr Geruhsames. Da könnte ich mir, sagt sie, und ich höre wieder die Angst in ihrer Stimme, hübsche Geschichten ausdenken. Manchmal wolle jemand ein Bier oder eine Flasche Wein oder ein bisschen plaudern – das störe ja nicht – oder?

Nein, Mama, das stört nicht. Gar nicht. Sie hat recht: Zwischen Mitternacht und Morgengrauen ruft manchmal doch der Teufel an.

Ich stopfe den halben Inhalt meines Kleiderschranks ins Auto, packe alles, was ich zum Schreiben brauche, in einen großen Koffer, sage Termine ab, rufe Freunde an, sage auf Anrufbeantworter eine Telefonnummer – null, vier, sieben und so weiter –, eine Nummer, die auf Anhieb verrät, dass sie zum Norden gehört. Ich verkneife mir, meine Schwester aus dem Schlaf zu reißen, und fahre in das Dorf am Meer, an dessen Rand meine Eltern vor langer Zeit nur ein bescheidenes Haus bauen wollten für Vater, Mutter und zwei Kinder – woraus sich, nicht geplant, doch wie organisch, die Pension »Ebbe und Flut« entwickelte.

Sechs Stunden im Auto sind Zeit genug, um abwechselnd vorwärts und rückwärts zu denken. Vor mir die öde Autobahn und ganz am Ende: die Pension. Ich lese die Schilder: Kassel, Hannover, Göttingen, Bremen, Bremerhaven. Ich höre Radio. Nachrichten und Musik. Musik und Nachrichten. In Äthiopien rechnet man in diesem Jahr mit zwanzigtausend unterernährten Kindern. Der Wetterbericht kündigt Regen und Hagel an, Überschwemmungen im Süden, im Norden klagen Urlauber über starken Wind, der Tourismus fürchtet leere Strandkörbe. Kein Grund zu frohlocken. Leider. Die Pension meiner Mutter ist auch voll, wenn es schneit. Es folgt der Hit des Jahres 1984. Udo Jürgens: »Die Sonne und du.« Ich singe mit, laut und falsch und mit Wut. *Das war ein super Sommer … und wenn mich heute einer fragt: Wie definierst du Glück? Dann brauch ich gar nicht lang zu überlegen: Die Sonne und du, du, du gehör'n dazu.*

Ich fahre an Wiesen und Feldern vorbei, die den Wiesen und Feldern in meiner Heimat glichen, bevor man sie in kleine Parzellen zerstückelt hat und eine Zukunft für junge Paare schuf mit dem Traum vom Wohnen im eigenen Haus, vom Aufstieg des Mieters mit Bausparvertrag zum hoch verschuldeten Eigentürmer. Die letzte Parzelle am Ende des Feldweges gehörte uns. Tausendzweihundert Quadratmeter. Noch nicht exakt vermessen, aber es gab schon einen Architekten, der das Traumhaus zeichnete. Voll unterkellert mit Heizungsraum, Waschküche, Werkstatt, Bügelzimmer und Kellerfenstern für halbes Tageslicht. Im Erdgeschoss das Wohnzimmer: vierzig Quadratmeter. Große Fenster. Zwei Terrassen. Eine kleine Küche mit einer Durchreiche zum schmalen Esszimmer. Im ersten Stock: zwei Kinderzimmer, ein Elternschlafzimmer mit Balkon und im Treppenhaus eine ausziehbare Holzleiter zum Dachboden.

Und wir Kinder? Durften auch unser Traumhaus entwerfen. Judy war zwölf und malte ein Schloss, das im Wald stand, und einen Turm mit einem kleinen Fenster, aus dem eine Frau mit langen, blonden Haaren winkte. Ich wünschte mir einen flachen, weißen Bungalow. In den Innenhof malte ich einen knorrigen Feigenbaum und um ihn herum eine runde Bank.

Der Feldweg zum neuen Baugebiet wurde zur Pilgerstrecke junger Familien. Am Anfang standen alle vor einem Acker. Später starrten wir in Gruben, die mir wie große Gräber vorkamen, dann auf graue Fundamente. Die ersten Mauern deuteten die Kellerräume an, neue Wörter zogen in unsere Sprache und Gedanken ein. Estrich. Dachstuhl. Bauherr. Massivbauweise. Fertigbauweise. Spitzdach. Walmdach. Strangdach. Biberschwanzziegel. Hohlpfannendachziegel. Krempziegel und Doppelmuldenpfalzziegel. Flachdachziegel in Rot oder Braun, Blau, Schwarz oder Grün. Oder Grau. Richtfest: Stein und Mörtel bauen ein Haus, Geist und Liebe schmücken es aus. Judys Schloss und meine spanische Villa blieben Entwürfe. Als die Häuser fertig waren, sahen alle gleich aus. Kleiner Vorgarten. Gelbe Klinker oder rote Klinker, unser Haus war weiß. Ein weißes Ytong Bausatzhaus.

Wir waren die Ersten, die einzogen, und die Letzten am Ende des Weges, der noch keinen Namen hatte. Wir nannten ihn Matschweg. Matschweg Nummer 53. Hinter dem Haus Kühe und Schafe. Dann kamen immer mehr Möbelwagen und immer mehr Nachbarn, mit denen man nichts zu tun haben wollte. Nachts schliefen mein Vater und ich in dem kalten Rohbau, um das Werkzeug vor Dieben zu schützen.

Wenn alle anpacken, sagte mein Vater, dann sparen wir Geld. Er stellte sich an den Betonmischer, kaufte meiner Mutter Arbeitshandschuhe und Arbeitskittel und ließ sie Steine schleppen. Ich lernte für die Schule wie nie zuvor, saß wie festgenagelt am Schreibtisch und musste trotzdem helfen. Ich sah das Haus wachsen, es wuchs viel zu schnell. Hier würden lauter junge Paare mit kleinen Kindern einziehen. Ich wollte hier nicht wohnen. Meine Freundinnen lebten in der Stadt. Ich würde mit dem Bus zur Schule fahren müssen oder auf dem Fahrrad gegen den Wind strampeln – aber meine Eltern waren glücklich, und Kinder wurden nicht gefragt. Der Traum von einer Familie im Eigenheim durfte endlich gelebt werden. Mein Vater würde mit zehn Musterkoffern voller edler Marken-Herrenschuhe zwischen Flensburg und Frankfurt Schuhgeschäfte besuchen. Ein selbstständiger, gut verdienender Handelsvertreter, der die Erlaubnis hatte, seine Ware mit einer Waffe zu schützen, die Walther PPK heißt. Da er nie überfallen wurde, schossen wir die Patronen Silvester in dicke Bäume. Ein perfekter Lebensentwurf. Nach dem Überleben in einer brennenden Stadt und mageren Nachkriegsjahren: Glück und Wohlstand. Meine Mutter würde die Kinder hüten, einkaufen, kochen, auf pünktliche Mahlzeiten bestehen, das Haus sauber halten. Wir würden zur Schule gehen, danach in der Stadt eine Lehre machen oder irgendwo studieren. Im Urlaub die Eltern besuchen, Freunde mitbringen, in den verwaisten Kinderzimmern übernachten und irgendwann eigene Kinder mitbringen. Beim Richtfest rief der Bauleiter: Liebe und Glück, so will mir scheinen, soll der Mörtel sein zu euren Ziegelsteinen.

Der Traum vom Glück platzte am 25. Juni 1967. Da war ich dreiundzwanzig Jahre alt. Meine Schwester war neunzehn und meine Mutter vierundvierzig.

Gehen Sie über den Hof, sagt der Pförtner, am Ententeich vorbei, Haus 2A, im zweiten Stock liegen die Schlaganfälle. Der Name? Er sah nach: Zimmer 8.

Das Krankenhaus steht außerhalb der Kreisstadt in einem Park mit alten Bäumen. Kleine Fenster zwischen roten Backsteinen, eine Mischung aus Knast, Kaserne und Psychiatrie. Kein anheimelnder Bau. Aber innen ist alles frisch und freundlich und weiß gestrichen. Auf den Fluren liegt hellgraues Linoleum mit weißen Punkten, wie frisch gefallene Schneeflocken. Ich gehe gerne über die langen Flure, lese die Schilder an den Türen, stelle mir zu den Namen Menschen vor, die betreut werden, in ihren Betten liegen oder sitzen, mit Schläuchen, aus denen Flüssigkeit in die Venen tropft, die Schmerzen lindert, Entzündungen heilt, Hunger stillt oder Durst löscht. Windpocken, Blinddarm, Tuberkulose – ich habe oft und lange in Krankenhäusern gelegen. Ich liebe den Geruch in den Gängen. Vielleicht eine alte Erfahrung: Wo es nach Desinfektionsmittel und Scheuerpulver riecht, ist es sauber, und wo es sauber ist, wird alles wieder gut.

Über die Flure schlurfen Menschen in Bademänteln und Pantoffeln. Alle, so sieht es aus, auf dem Wege der Genesung. Schwestern, Pfleger und Ärzte gehen eilig an mir vorüber, verschwinden in den Krankenzimmern, die Gesichter ernst und konzentriert. Ihre weißen Kittel versprechen Wissen und Kompetenz. Ich hätte Medizin studieren sollen, statt zu lernen, wie man Bücher bestellt, auspackt, in die Regale stellt und verkauft. Obwohl: Ich habe schon vor der Ausbildung begonnen, wie besessen zu lesen. Ich war süchtig nach Büchern. Dazu kam, dass dem Vater meiner Freundin das »Gloria« gehörte, ein Kino mit Plüschsesseln. Weich und weinrot. Schon als Kinder gingen wir in jeden Film, der dort lief. Krimi, Western, Liebesschnulze – egal. Hauptsache Kino. Wir bezahlten nichts, bekamen Eis spendiert, und Gilas Vater war es egal, ob wir Horror, Mord und Totschlag verkrafteten. Irgendwann, wie von selbst, wuchsen beide Leidenschaften zusammen, und ich interessierte mich für Bücher, aus denen Filme wurden. Ich war zehn, als ich »Das doppelte Lottchen« las. In die Verfilmung gingen wir mit sechzehn. Nicht aus Neugier auf einen zehn Jahre alten Kinderfilm, sondern weil wir Wiederholungs- und Allesgucker waren. Manchmal gingen wir so oft in denselben Film, bis wir die Dialoge auswendig konnten.

Ich erinnere mich genau an den Tag, an dem

ich wusste, was ich werden wollte. Im »Gloria« ging das Licht aus. Der schwere Samtvorgang teilte sich, ein tiefer Gong ertönte, und als wir den langen Vorspann überstanden hatten, erschien auf der Leinwand ein Mann mit schwarzer Brille. Er schaute eine Weile in ein Buch, hob den Kopf, nahm die Brille ab und sagte mit sonorer Stimme:

Die Geschichte, um die es sich handelt, beginnt im Gebirge. In Seebühl. Kennen Sie eigentlich Seebühl? Am Bühler See?

Er sah mir direkt in die Augen. Er meinte mich. Ich schüttelte den Kopf.

Nein? Nicht?

Wieder hatte ich das Bedürfnis, ihm zu antworten. Er sagte:

Sonderbar, höchst sonderbar. Keiner, den man fragt, kennt Seebühl!

Der Schwarz-Weiß-Film war altmodisch und ziemlich kitschig, dennoch packten mich die Worte Erich Kästners, der als Erzähler durch die Handlung führte: *Es ist Nacht, alle Kinder schlafen.* Es war die Stimme, die für die Atmosphäre im Film sorgte, die Melodie. Sie versprach ein Geheimnis. Der Erzähler beschrieb das Ferienheim für kleine Mädchen, den Trubel am Tag, die Stille der Nacht: *Freilich abends, da setzt sich zuweilen der graue Zwerg Heimweh an die Betten im Schlafsaal, zieht sein graues Rechenheft und den grauen Bleistift aus der Tasche und zählt ernsten*

Gesichts die Kindertränen ringsum zusammen, die geweinten und die ungeweinten.

Nach neunzig Minuten im dunklen Saal verließen wir das Kino mit einem Satz, der in unserer Freundschaft nun für alles im Leben stand, was wir nicht verstanden: *Sonderbar, höchst sonderbar. Keiner, den man fragt, kennt Seebühl.* Und ich verließ das Kino mit einer Passion: Ich wollte hinter den Bildern die Machart erkennen, das Handwerk der Bücher und der Filme. Herausfinden, was das Buch vom Film unterscheidet und den Film vom Buch.

Die schönsten Sätze meines Studiums habe ich mir über den Schreibtisch gehängt: *Das Drehbuch ist die Partitur des Films.* Ich wollte Partituren schreiben. Und: *Die besten Filme verdanken wir den besten Drehbüchern.* Ich wollte beste Drehbücher schreiben.

Ich habe eine Drehbuchidee und einen Arbeitsplan. Irgendwann ist auch im turbulentesten Pensionsbetrieb Feierabend. Und wenn dann ein Kurgast nach einem Bier und ein anderer nach einer Flasche Wein fragt und ein dritter von seinem schönen Tag am Meer erzählen möchte? Dann stört mich das gar nicht, Mama.

Ich öffne leise die Tür zum Zimmer 8. Ihr Bett steht am Fenster, sie teilt das Zimmer mit zwei Frauen, die mich so herzlich anlächeln, als hätte ich den

Pensionsbetrieb bereits gerettet. Meine Mutter versucht ein Lächeln, was ihrem Gesicht mit dem leicht schräg hängenden Mund etwas Verächtliches gibt.

Mama, was machst du für Sachen!

Sie sieht elend aus. Bleich, mit tiefen Ringen unter den Augen. Sie hebt die Hände. Kein Mitleid! Jetzt bloß kein Mitleid! Meine Mutter ist zweiundsechzig Jahre alt. In den Sommermonaten, wenn das Geschäft gut läuft, wenn sie braun gebrannt ist und in Bewegung, schmal und zäh, sieht sie aus, als wäre sie noch nicht einmal fünfzig. Sie hat kurze, braune Haare, die ihrem Gesicht, jetzt, da die Haare vom Kopf abstehen, einen aufsässigen Ausdruck verleihen.

Die Schwestern Gewiese hatten in ihrem Schrecken nur schnell den Notarzt gerufen, ein Nachthemd auf die Trage geworfen, die Handtasche meiner Mutter und ihren Bademantel. Ich verspreche, zu bringen, was sie braucht, noch heute, so schnell wie möglich.

Und bring die Elfi mit!

Natürlich bringe ich Elfi mit.

Ihre Hilflosigkeit und die Gewissheit, dass kein Trost sie beruhigt, ist schwer zu ertragen. Meine tüchtige, spröde Mutter kann weder um Hilfe bitten noch Danke sagen, aber sie hält meine Hände fest, streichelt sie vorsichtig und drückt sie dann kräftig, wütend über diesen verdammten Schwächeanfall.

Mama, ich bin da. Alles wird gut.

Sie schluckt und nickt. Ihre Durchhalteparole, mit der sie den Krieg überlebt hatte, hieß: Es ist, wie es ist – Augen auf und durch. Nun ist es wieder einmal, wie es ist, und sie erteilt mir langsam, mit verschwommener Stimme, die erste von vielen Lektionen in dieser Saison: Wer sein Geld mit Dienstleistung verdient, mein Kind, ist ein Dienender. Lerne Demut, übe sie, sie erspart dir Ärger, Frust und Müh.

Seit wann bist du demütig?

Sprich mit dem Arzt!

Mach ich.

Frag, wann ich rauskann!

Mach ich.

Sie weiß genau, wie sie aussieht. Der schiefe Mund ärgert sie, die hilflos gewordene Sprache macht sie wütend, aber wer soll mich in den laufenden Betrieb einführen, wenn nicht sie, und zwar jetzt? Ihre linke Hand ist verkrampft, mit der intakten rechten hat sie auf ein paar Zettel die Namen der Gäste geschrieben, die sich in der Pension aufhalten.

Haus 1, Zimmer 1: das Ehepaar Petersen

Haus 1, Zimmer 2: die Schwestern Gewiese.

Haus 1, Zimmer 3: Vater Horst, Sohn Lars.

Haus 1: In den umgebauten Kellerraum wird in zwei Wochen ein Herr Bittermann einziehen.

Im Haus 2 wohnen … Ich lese Namen und Zimmernummern, die ich sofort wieder vergesse. Sie hat notiert, wer wie lange bleibt, wer die Ferienwohnungen gemietet hat, wie die frisch Vermählten heißen, die auf dem Dachboden wohnen.

In der Garage wohnt ein Pärchen: schwul, aber nett.

Wieso aber?

Die Liste mit den Zimmerpreisen und das Bargeld sind im Sekretär. In der Schublade mit dem Nummernschloss. Ich erinnere keine Schublade mit einem Nummernschloss, aber ich werde sie finden.

Mit dem Stationsarzt kann ich erst am Abend sprechen. Da habe ich ihr schon alles, was sie braucht, in den Schrank gehängt, die Kosmetik verstaut, ein Stück Lavendel-Seife ans Waschbecken gelegt, eine neue Haarbürste gekauft, den leichten seidenen Schlafanzug mitgebracht.

Und Elfi, die älteste und liebste aus ihrer Puppensammlung. Dreißig Zentimeter groß. Kopf, Arme und Beine aus Porzellan, der Körper aus Stoff, weich und samtig. Sie trägt eine rot-weiß gestreifte Spielhose und ein buntes Blüschen mit weißem Kragen. Elfi ist nicht blond und nicht braun, bei Licht schimmern ihre Haare wie Kupfer. Der Pony ist fransig, ihre Haare bedecken knapp die Ohren, stehen vom Kopf ab, wie schlecht geschnitten. Sie scheint mit ihren wimpernlosen graublauen Augen weit vor sich etwas zu sehen, was sie überrascht oder amüsiert. Aus dem linken Mundwinkel lugt ihre Zungenspitze. Auf der Nase sitzt eine hellbraune Sommersprosse. Elfi ist keine Schönheit. Sie schielt. Manchmal wirkt sie wie ein Schelm, dann völlig entrückt, fast debil und immer ein bisschen ramponiert. Im Bücherregal sitzt Elfi zwischen Michael Ende und Hans Fallada. Ich habe die Puppen meiner Mutter nie gezählt. Es können achtzig sein, aber auch hundert.

Am Abend sitze ich lange auf der Terrasse. Die Luft ist warm, aus einem Einzelzimmer in Haus 2 kommt Musik. Ich bin zu müde, um schlafen zu können. Die lange Fahrt, die Einkäufe, die Besuche im Krankenhaus, die Gäste meiner Mutter, die mich rührend in ihrer Mitte aufgenommen haben. Nicht ich empfing sie, sie empfingen mich.

Willkommen in der Puppenpension!

Sie versprachen Hilfe, wann und wo ich Hilfe brauche: in der Küche, im Garten oder beim Einkaufen. Sie sagten, ich sähe blass aus, sie redeten alle durcheinander: Wir stehen Ihnen bei! Nur die Ruhe! So ein Schlag aus heiterem Himmel! So ein Unglück, mitten in der Saison! Sie lobten meine Mutter: so flink, so freundlich und so fleißig. Ich war von sechs oder sieben Frauen mit gepflegten

Dauerwellen umringt. Braun gebrannt. Eine fröhliche Gesellschaft, alle rüstig und, nach flüchtiger Schätzung, zwischen sechzig und achtzig. Sie dachten nicht daran, ihren Urlaub in der verwaisten Pension abzubrechen. Ich und sie, sie und ich, wir würden den Laden schon schmeißen. Sie dufteten nach Meer und Sonnencreme. Ich war gerührt und gleichzeitig beschämt über meinen schnellen Blick auf ihre sandigen Sandalen. Ich war von einem halben Dutzend Schutzengeln umringt und fragte mich, wo der Staubsauger steht.

Sie nannten das Haus meiner Mutter »Puppenpension«, und ich hatte nicht den Eindruck, dass sie sich über einen Spleen lustig machten – es war eher so ein Gefühl, als stünden diese fremden Frauen meiner Mutter näher als ich.

Wir Kinder sind mit ihren Puppen aufgewachsen wie mit Geschwistern. Oder wie mit Nachbarn, die man, weil sie immer da sind, nicht wahrnimmt und auch nicht mehr fragt, warum sie da sind und woher sie kommen, warum sie hinken oder schielen. Wir lachten über ihren Puppentick. Sie nahm es hin. Was wissen Kinder! Wo immer sie in einem Laden mit altem Krimskrams ein lädiertes Geschöpf entdeckte, eine Puppe mit einem trüben Auge, einem fehlenden Finger, einer Schramme im Gesicht, kaufte sie es, als müsse es aus der Einsamkeit erlöst und behütet werden. Auch wenn die

Familie behauptete, es gäbe keinen Platz mehr, nirgendwo. Sie fand einen. Immer. Ihre Puppen saßen auf Sessel- und Sofalehnen, auf den Kopfkissen unserer Betten, sie standen auf den Fensterbänken. Jede freie Fläche wurde unter dem Gesichtspunkt geprüft, ob dort ein Platz für eine Puppe sein könnte. Eher landete ein Alpenveilchen in der Mülltonne, als dass es keinen Platz für ein weiteres kleines Monster gab. Kein Zimmer ohne Augen. Die meisten groß und blau. Augen aus Glas oder in die Höhlen gemalt mit Pinsel und Farbe. Sie sahen mich an, wenn ich das Zimmer betrat, und sie sahen mir nach, wenn ich ihnen den Rücken zudrehte. Ihr blödes Dauerlächeln war unerträglich. Nur wenige Puppen schmollten, die meisten guckten unschuldig wie kleine Mädchen in schönen Kleidern, die, könnten sie sprechen, den ganzen Tag lang »hab mich lieb« rufen würden oder »bin ich nicht süß«! Oder die, wenn man sie auf den Bauch drehte, ein wehleidiges »Ma-Ma« quäkten. Ich bin von meiner Mutter nur ein einziges Mal geschlagen worden. Da hatte ich im Geschichtsunterricht ein neues Wort gelernt, wollte damit angeben und hatte ihre lädierten Puppen »Ballastexistenzen« genannt. Die Ohrfeige war spontan und sehr hart.

Kein Zimmer ohne Puppen – so ist es bis heute. Wer in unserer Pension Ferien macht, muss die Puppen akzeptieren. Ich weiß nicht, welchen Narren meine Mutter an diesen Staubfängern gefressen hat, aber dieser Spleen scheint eine todernste Liebe zu sein.

Als Kinder testeten wir ihre Behauptung, man könne ihr keine Puppe stehlen, weil sie es sofort bemerken würde. Wir stopften die Elfi in den Schuhschrank, setzten die Bärbel in die Waschmaschine, schoben Ulla und Tina unters Sofa oder versteckten den Ingo in der Tiefkühltruhe. Es dauerte nie lange, bis meine Mutter mit der Suche begann. Wir haben über diese schnelle Reaktion gespottet – und uns auch gewundert. Als hätten wir ihr mit dem Verschwinden einer Puppe einen Schmerz zugefügt, so einen kleinen Pikser, wie wenn man sich ein Haar ausreißt.

Mein Vater beteiligte sich nie am Schabernack seiner Kinder. Vielleicht hat er auf unsere Fragen gewartet. Was sollten wir fragen? Wonach? Elternhäuser sind wie Schneckenhäuser. Unterkunft und Schutz. Eine junge Schnecke fragt ja auch nicht, warum es in ihrem Haus so viele Windungen gibt.

Ich richte mich in den Räumen ein, die meine Mutter für sich reserviert hat. Im Erdgeschoss ein neun Quadratmeter großes Arbeitszimmer mit Schlafcouch und Blick in den Garten. Mir steht ein halbiertes Wohnzimmer zu, in der anderen Hälfte, hinter der zugemauerten Schiebetür, frühstücken die Gäste. Im Keller, hinter der schweren Stahltür, beginnt ihr kühles, privates Reich, drei große, graue Räume mit wenig Tageslicht. Im Keller wird geduscht, Wäsche gewaschen und gebügelt. Eine graue Kommandozentrale mit prall gefüllten Vorratsregalen und großer Tiefkühltruhe. Meine Mutter lebt von Dosen und tief gefrorenen Fertiggerichten. Gesund ist das nicht – aber wer kocht schon gerne für sich alleine? Hier hat sie Schränke für ihre gesamte Garderobe aufstellen lassen. Im Schuhschrank stehen fünf Paar ihrer weißen Lieblingsschuhe, wie sie von Ärzten und Schwestern im Krankenhaus getragen werden. Schuhe für schnelle Schritte und weite Wege. Größe 38, sie würden mir passen.

Die Gäste sind in ihren Zimmern, es ist still im Haus. Ich schalte das sanfte Außenlicht auf der Terrasse ein und vertiefe mich in die Gästeliste. Klar gegliedert, übersichtlich, trotzdem verliere ich schon beim ersten Blick darauf den Mut, den mir die Frauen am Nachmittag gemacht hatten. Wie soll ich mir Namen und Essgewohnheiten merken, wenn ich noch nicht einmal die Gesichter erinnere, die mich begrüßt haben? Ich werde alles falsch machen. Die Gäste werden die Geduld verlieren, ihre Koffer packen, nur einen Teil ihres gebuchten Urlaubs bezahlen und abreisen. Die Pension als Hölle. Ich starre auf die Liste:

In meinem ehemaligen Kinderzimmer, Haus 1, Zimmer 1, wohnt das Ehepaar Petersen. Frühstück um acht. Zwei Scheiben Toast, zwei Scheiben Vollkornbrot. Orangenmarmelade, Honig, jeden zweiten Tag ein Fünf-Minuten-Ei. Keine Butter. Margarine von Becel. Sie: Kaffee. Er: Tee. Schwarz mit Sahne.

Im Kinderzimmer meiner Schwester, Haus 1, Zimmer 3, wohnt ein Vater mit seinem Sohn. Anmerkung meiner Mutter: Vater Weichei, Sohn Rotzlöffel. Frühstück gegen neun. Schinken, Wurst, Käse, Rührei mit Toast für Vater Horst. Sohn fällt Entscheidung am Tisch. Anmerkung meiner Mutter: Verwöhnte Göre. Manchmal Müsli, manchmal Toastbrot mit Nutella.

Das ehemalige Elternschlafzimmer, Haus 1, Zimmer 2, ist an die Schwestern Gisela und Helene Gewiese vermietet, die Retterinnen meiner Mutter. Sie legen abends einen Zettel mit der Uhrzeit fürs Frühstück auf die Treppe. Vier Brötchen. Zwei Mohn, zwei Sesam, Butter, Honig. Grüner Tee. Zwei Kännchen. Manchmal auch Earl Grey.

Das Liebespaar unter dem Dach geht morgens joggen. Kein Frühstück.

Die Anweisung zum Umgang mit Jons Bittermann, der übermorgen in den ausgebauten Kellerraum ziehen wird, liest sich wie der Anfang eines Theaterstücks: Kommt mit dem Taxi. Zwei Koffer, zwei Kleidersäcke, eine Hutschachtel.

Haus 2: Die Gäste in den Ferienwohnungen sind Selbstversorger. Ich versuche, mir Namen und Beschreibungen zu merken. In der FeWo 1 machen die Conradis Urlaub. Treue Gäste, fast so lange, wie die Pension besteht. Erst kamen sie als Paar, dann mit ihrem Sohn, später mit Olli und Caro, den Enkelkindern, die ihre Großmutter Oma Ly nennen. Von dieser Frau hatte meine Mutter mit einer Wärme gesprochen, über die ich mich wunderte.

Wie lange kennst du Oma Ly?

Schon immer.

Meine Mutter ist keine große Erzählerin, wäre aber, wenn es diese Kunstform gäbe, eine große Andeuterin.

Wo habt ihr euch kennengelernt?

In der Schule.

Frau Conrady gehörte zu den Frauen, die mir Hilfe angeboten hatten. Sie hat ein rundes Gesicht, blaue Augen und weiße Locken, aber nach ihren ersten Sätzen wusste ich, dass ich es nicht mit einer gemütlichen Oma Ly zu tun hatte. Sie sah mich anders an als die anderen Frauen. Offen und neugierig, so wie man einen Menschen anschaut, über den man viel gehört hat. Vielleicht war sie mir auch deshalb aufgefallen, weil sie keine Badelatschen trug und keine Shorts. Sie hatte rote Ledersandalen an den Füßen und trug ein knöchellanges orangenes Leinenkleid. Orange und Rot – eine Dame in Gute-Laune-Farben. Hatte sie mich nicht »mein Kind« genannt? Woher sollte ich wissen, dass diese Frau der Schlüssel zum Puppentick meiner Mutter war?

Haus 2, FeWo 2: Junges Paar mit Hund. Anmerkung meiner Mutter: Köter pisst in Garten. Den Namen der Gäste hat sie mit einem Kreuz versehen, und das heißt: Die nie wieder.

Haus 2: Im ersten Stock gibt es fünf Einzelzimmer. Vermietet an vier Frauen und einen Mann. Alles Frühstücksgäste. Die Frauen sind treue Kundinnen, die sich seit vielen Jahren bei meiner Mutter einmieten und zu einer Art Damen-Sommer-Club geworden sind. Den Mann in Nummer fünf hat sie als sympathischen Eigenbrötler beschrieben.

Gunnar Jannson, Meteorologe, ein Wetterfrosch, der Krimis schreibt. Zum Frühstück: Milchkaffee, zwei Scheiben Schwarzbrot, zwei Eier im Glas, eher zu weich als zu hart.

Die vier Damen frühstücken um sieben Uhr und sitzen am großen Tisch vor dem Fenster. An den Damentisch gehen zwei Eier, weich gekocht, und zwei Rühreier. Einmal mit, einmal ohne Speck. Zu ihnen gehören acht Brötchen, zwei mit Mohn, zwei Franzbrote, vier Scheiben jungen Gouda und zwei Scheiben Mortadella von Edeka. Honig steht auf allen Tischen. Das schwule Pärchen in der Garage versorgt sich selber. Der Große heißt Heinz, der Blonde Jerome. Ein Name, über den meine Mutter gelacht hatte, weil Jerome eher zu einer feinen Suite passt als zu einer umgebauten Garage.

Wie soll ich mich auf elf Menschen vorbereiten, die zu verschiedenen Zeiten frühstücken wollen? Die Ersten um sieben. Tipp meiner Mutter: Frühstückstische abends decken, spart Zeit am Morgen.

Wie hat sie sich einen solchen Betrieb aufbürden können? Sie hat uns nicht gefragt – sie hat es einfach gemacht.

Meine Mutter war nach dem Tod unseres Vaters zur Hülle geworden. Haut und Knochen, verweinte Augen, stumm, das Lebendige in ihr war geflüchtet, unerreichbar. Wir dachten: Die Trauer bringt sie um. Die Besuche bei ihr waren unheimlich. Sie war nahezu stumm geworden, aß kaum, schlief schlecht, stand nachts auf, saß wie ein Gespenst im Sessel und rauchte. Keine Liebe und kein Glück mehr zwischen den Ziegelsteinen. Eiszeit.

Und dann, nach einem Jahr, war das Leben, wie durch einen Zauber, in sie zurückgekehrt. Sie hatte die Rolle der Mutter und Hausfrau irgendwo auf ihrer einsamen Reise durch die Trauer an irgendeinen Nagel gehängt. Sie fragte nicht, was wir von der Idee hielten, das Einfamilienhaus in eine Pension zu verwandeln, sie machte es einfach. Zwei Jahre später traute sie sich zu (Mama, ehrlich, du spinnst), auf dem Grundstück ein zweites Haus zu bauen. Ein Haus mit zwei Ferienwohnungen im Parterre und fünf Einzelzimmern im ersten Stock (Mama, das ist Größenwahn). Aus der Garage wurde ein Bungalow. Hinter dem Garagentor ließ sie eine Mauer hochziehen, Fenster mit Blick zum Garten ausbrechen, auf den Betonboden Holzbohlen legen. Betten, Tisch und Stühle von Ikea, Bilder mit hohem Himmel, günstig gekauft beim heimischen Maler. Ein kleines Bad mit Klo und Dusche, eine Kochnische mit zwei Heizplatten, stabiles Geschirr – die Gäste rissen sich um den Garagenbungalow. Mit dem Mercedes meines Vaters machte meine Mutter die Großeinkäufe für die Saison.

Wir wurden Zeugen einer Häutung. Aus der

Hausfrau, der mit dem plötzlichen Tod unseres Vaters Halt und Schutz und die Zukunft entrissen worden war, wurde eine Geschäftsfrau. Nicht herzlich, aber freundlich und verbindlich. Ihr Ehrgeiz war eine lange Saison, Gäste von Januar bis Dezember. Am liebsten waren ihr Rentner, die die Nordsee auch im Winter mochten. Niemand sonst hatte Weihnachten und Silvester Gäste.

Und jetzt ist diese Pension verwaist, und mir fliegen Gästenamen und Mohnbrötchen um den Kopf. Ich verfluche meine Schwester, verfluche die kranke Mutter, zur Hölle mit den vielen Menschen. Lieber Gott, schick eine gewaltige Flut, lass sie die Gäste aus den Betten schwemmen. Schaff sie zurück an Rhein und Ruhr oder in die bayerischen Berge, wo immer sie auch herkommen.

Das Geld, das du einnimmst, darfst du behalten, hatte meine Mutter gesagt. Scheiß auf das Geld.

Die Urlauber im Bett. Die Schwester im Urlaub. Die Mutter im Krankenhaus. Der Vater tot. Einsamer als auf der Terrasse kann es auch in der Wüste nicht sein. Lauwarm und salzig laufen mir die Tränen über die Lippen. Wie gerne wäre ich jetzt eine Puppe auf einem Kissen. Ich würde mich nach vorne beugen und »Mama« rufen. Ich könnte meine Koffer packen und abhauen. Die Welt würde sich weiterdrehen. Aber wer verteilt am nächsten Morgen

Mohn- und Sesambrötchen? Wer kocht Eier, wer brät sie, und wer rührt sie?

Der Gast im Haus 2, Zimmer 5, schaltet das Radio aus. Eine Weile fällt noch Licht aus seinem Zimmer auf die Sträucher im Garten, dann öffnet ein Schatten das Fenster, atmet ein paarmal tief ein und aus, dann wird der Garten schwarz. Der Wetterfrosch geht schlafen. Die Luft ist warm. Es weht ein schwacher Wind. Es ist fast Mitternacht. Ich brauche einen Repetitor: Rührei mit Toast für Vater Horst. Nutella für die verwöhnte Göre. Die Margarine heißt Becel. Jeden zweiten Tag ein Fünf-Minuten-Ei. Zwei Mohn, zwei Sesam für die Schwestern Gewiese.

Obwohl ich sicher bin, dass alle schlafen, habe ich das Gefühl, beobachtet zu werden. Ich horche. In der Hecke raschelt ein Igel oder eine Maus. Ein Auto fährt vorbei, wendet, hält. Jemand steigt aus. Schritte verlieren sich im Feld. Keine Angst. In einer Gegend, in der alle Häuser vom Keller bis zum Dachboden vermietet sind, jede Hundehütte ausgebaut ist, wird nicht eingebrochen, nicht im Sommer. Hier schleicht sich kein Dieb und kein Mörder an. Ich bin allein – trotzdem fixiert mich jemand. Ich lasse meine Augen über den Rasen gleiten, die Büsche, schaue in den knorrigen Holunderbaum und erschrecke. Über mir, auf einem Ast, sitzt ein Gesicht. Herzförmig. Groß und weiß, mit zwei kleinen, eng beieinander stehenden schwarzen Augen. Für eine Sekunde bin ich starr vor Schreck. Dann überrascht. Und dann glücklich. Ich bin nicht allein. Ich habe Besuch. Auf dem Ast sitzt eine Eule. Eine Schleiereule. Ernst sieht sie aus. Ihr Blick ist strafend. Bin ich der Besuch, und ist sie hier zu Hause? In alten Kinderbüchern wurden Schleiereulen Teufels- oder Hexenvögel genannt, die Feuer und Tod ankündigen. Um Unglück abzuwenden, wurden die schönen Tiere mit ausgebreiteten Flügeln an Hof- und Scheunentore genagelt. Wenn unser Holunderbaum ihr Stammplatz ist, dann wird sie sich, hoffe ich, nicht von mir verscheuchen lassen. Dann hätte ich abends Gesellschaft. Eulen können Mäuse hören, die sich fast einen Meter unter der Schneedecke bewegen. Also wird sie mich hören, wenn ich ihr am Ende des Tages meine Gedanken schicke. Um den ernsten Vogel nicht zu erschrecken, bleibe ich so lange sitzen, bis er seine langen Flügel ausbreitet und lautlos über die Hecke und den Acker zum Jagen schwebt.

Ich decke die Tische im Frühstücksraum. Ich stelle die Tassen, wie mir meine Mutter geraten hatte, mit der Öffnung nach unten auf die Untertassen. Das macht man so. Das ist hygienisch, obwohl in der Nacht kein Staub fallen wird.

Es ist nach eins, als ich auf ihrer schmalen Couch liege und versuche, die Eindrücke zu ordnen, die mir durch den Kopf spuken. Der Anruf und die hohle Stimme meiner Mutter. Kleiner Schlaganfall. Nicht so schlimm. Hinter meinen Augen flimmern sechs Stunden Autobahn, und durch all diese Bilder segelt der Mond, der das Gesicht meiner Mutter trägt, eine Mischung aus Missbehagen, Wut und Ungeduld. Wenn sich Ihre Mutter aufregt, hatte der Arzt gesagt, besteht die Gefahr eines zweiten Schlags. Sachlich hatte er mir den Apoplex erklärt. Ich habe nicht alles verstanden, aber Blutgerinnsel klingt gefährlich. Auch die Bilder verstopfter Arterien, die er mir zeigte, sahen nicht harmlos aus. Unterbrochene Sauerstoffversorgung, absterbende Nervenzellen – Ihre Mutter, hatte er gesagt, hat Glück gehabt, dass man sie schnell gefunden hat.

Raucht sie?

Menthol. Halbe Schachtel am Tag.

Seit wann?

Weiß nicht. Schon lange.

Ich weiß es genau. Meine Mutter raucht seit dreißig Jahren. Von dem Tag an, als sie das Verhältnis meines Vaters mit der blonden Schlampe vom Finanzamt entdeckte.

Trinkt sie? Kaffee? Tee? Alkohol?

Ein, zwei Bier am Abend.

Hat sie Stress?

Jede Menge.

Ob sie sich genug bewegt? Wer eine Pension führt, rennt den ganzen Tag, das weiß hier jeder.

Ich hatte den Arzt beruhigt verlassen. Der Schlaganfall meiner Mutter war klein, die Folgen, soweit man das einschätzen konnte, beherrschbar. Als er über Langsam-Treten, Zur-Ruhe-Kommen und Reha-Maßnahme dozierte, hörte ich nicht mehr zu. Niemals würde sich meine Mutter in Kur schicken lassen. Und auf keinen Fall würde ich sie länger als vier Wochen vertreten. Fünf vielleicht. Dann die Schwester.

Meine Augen sind schwer. Ich bin müde, als wäre ich sechshundert Kilometer zu Fuß gegangen. In meinem Kopf dreht sich ein Fragenkarussell. Habe ich mich bei den Frauen bedankt, die meine Mutter gefunden haben? Wie zeige ich mich dankbar? Muss ich ihnen den Urlaub spendieren? Was wird aus meinem Projekt? Im Drehbuchgeschäft ist man schnell aus dem Rennen. Ich verdiene hier Geld, aber ich verliere Zeit. Was ist wichtiger? Heute bin ich mit offenen Armen empfangen worden. Und wenn ich nicht funktioniere? Wenn die Eier zu weich werden oder zu hart? Der Kaffee zu dünn oder zu stark? Das Rührei anbrennt? Wie macht man Eier im Glas? Gibt es einen Engel, der in der Nacht die Fragezeichen einsammelt?

Wer sein Geld mit Dienstleistung verdient, mein Kind, ist ein Dienender. Mama, das muss ein Irrtum sein.

Die Betonung liegt nicht auf ›dienen‹, sondern

auf Leistung. Jemandem gegen Geld einen Dienst erweisen kann nicht heißen, sein Diener zu sein. Lerne Demut, übe sie. Was ist Demut? Das Gegenteil von Hochmut?

Der Mond ist mein Zeuge. Ich will mir Mühe geben. Wenn Demut die Bereitschaft ist, einen Einbruch ins Leben zu akzeptieren, an dem niemand Schuld hat – dann will ich versuchen, mich mit der Demut anzufreunden. Vorübergehend. Augen auf und durch, Speedy, ich schaff das.

Ich stelle den Wecker auf halb sechs und bin um halb fünf wach.

Mein erster Morgen in der Puppenpension. Magenschmerzen und Angst. Ein Gefühl wie vor der Prüfung, für die man zu wenig gelernt hat. Im Haus ist es still, die Gäste schlafen. Ich schleiche in den Keller, dusche, packe die Koffer aus, mache Platz für mich in den Schränken meiner Mutter, hänge meine Jeans neben ihre Röcke, meine bunten Hemden neben ihre weißen Blusen – aber das sieht nicht gut aus. Als sei ich im Leben gescheitert und hätte mich ins Elternhaus geflüchtet. Die Schränke riechen parfümiert. Wenn ich nicht will, dass meine Sachen diesen süßlichen Blümchengeruch annehmen, muss ich unsere Sachen schnell wieder voneinander trennen. Ich bin jetzt die Vertretung meiner Mutter, aber ich will nicht wie ihr Weichspülmittel riechen.

Der Bäcker öffnet um halb sieben. Ich habe eine Stunde Zeit, mich mit dem Büro meiner Mutter vertraut zu machen. Auf dem Schreibtisch liegt der große Belegplan, aus dem hervorgeht, wer wie lange bleibt, wer wann an- und wer wann abreist. Sie trägt die Daten mit Bleistift ein, um sie notfalls verändern zu können. Es gibt einen silbernen Anspitzer und einen großen Radiergummi. Die halb volle Schachtel Mentholzigaretten werfe ich in den Müll. Das goldene Feuerzeug, ein Geschenk meines Vaters, lass ich liegen, es scheint ihr Ersatz für ein Bild von ihm zu sein. Auch von uns Kindern gibt es keine Bilder auf dem Schreibtisch. Neben dem Telefon steht ein grüner Sparfrosch mit breitem Maul für Trinkgelder.

Ihr zweiter Arbeitsplatz ist der Sekretär, auf dessen Arbeitsplatte eine Schreibmaschine steht, die Gabriele heißt. Alles ist ordentlich. In den Fächern hat sie Briefpaper verstaut, Visitenkarten, einen Vorrat an Briefmarken. In einer Schublade finde ich das Gästebuch mit Danksagungen, in denen sich Sonne auf Wonne reimt und Meer auf sehr. Meine Mutter wird für ihre Freundlichkeit gelobt, ihren Fleiß, ein Gast nennt sie eine charmante Pensionswirtin. Charme ist ein Wort, das mir zu ihr nicht eingefallen wäre. Ich finde eine aktuelle Preisliste und einen Quittungsblock. Wie schreibt man Rechnungen? Wird die Kurtaxe auf den Zimmerpreis aufgeschlagen oder mit der Kurverwaltung abgerechnet? Wenn in einem Doppelzimmer nur eine Person schläft – wird das Zimmer dann teurer oder billiger?

Bargeld findest du im Sekretär, hatte sie gesagt, in der großen Schublade unter der Schreibplatte. Der Code für das Nummernschloss liegt unter der Schreibmaschine: acht-eins-vierzehn-neunzehn. Sie öffnet die Geldschublade mit dem Namen ihres toten Bruders Hans. Wenn sie jeden Tag ein paar Mal acht-eins-vierzehn-neunzehn murmelt – denkt sie dann an ihn, oder haben sich die Zahlen in den vielen Jahren abgenutzt, so dass sie kein Gefühl mehr wecken? In der Schublade liegen fast sechshundert Mark. Sie scheint die Bareinnahmen zunächst einmal in diese Schublade zu werfen, um sie später zur Bank zu bringen. Oder ist das Schwarzgeld? Wie entsteht schwarzes Geld? In einer Streichholzschachtel liegt ihr Ehering. Zu eng geworden? Oder ist eine Witwe keine Ehefrau mehr? Ich schiebe ihn mir über den linken Mittelfinger. Vielleicht bringt es Glück, wenn ich ihn trage, solange ich sie vertrete? Er passt.

Das Bargeld liegt auf einer Zeichenmappe. Ich löse die Schleife, erwarte ein Hochzeitsfoto, die Heiratsurkunde oder ein Sparbuch, und dann fängt mein Herz schneller zu klopfen an, als ich begreife, was ich wirklich sehe. Es ist nicht, wie ich dachte, das Gesicht einer Toten – aber das Gesicht einer Frau, die Todesangst hat. Mich sehen Augen an, so traurig, so verzweifelt, so flehend um Erlösung oder Hilfe bittend, dass man alles tun möchte, diese Frau zu retten. Das ist keine flüchtig hingeworfene Skizze. Es ist ein Porträt, eine Anklage, mit Bleistift auf ein Blatt Papier gebannt, nicht sehr groß, fast quadratisch, der Hilferuf einer Frau, die auf Hilfe nicht mehr hofft. Das Porträt einer Verwandten?

Wir haben keine Verwandten. Alle tot oder aus den Augen verloren. Meine Mutter schmückt ihre Wände mit gefälligen Motiven vom Meer – wie passt ein solches Bild zu ihr? Warum versteckt sie es in einer Zeichenmappe, und warum hat sie die Zeichenmappe so gut versteckt wie das Bargeld? Unten links im Bild entdecke ich eine schwache Signatur: *ELW 1929*. Ich drehe das Blatt um – der Titel des Bildes steht auf der Rückseite: Schmerzhaft Ruhende. Stimmt: Das Gesicht, das hier ruht, ist voller Schmerzen. Aber wen schaut es an? Ist da jemand, den es anschauen kann, der dieses Gesicht anschaut? Wenn man ihr nicht hilft, wird sie an ihrem Leid ersticken. Auf der Rückseite entdecke ich eine Widmung. Fast verblasst, aber noch lesbar. *Für Carla von Ly. Puppenfabrik. Hamburg 1952.*

ELW 1929. Was haben diese drei Buchstaben mit meiner Mutter und Oma Ly zu tun? Als das Bild gemalt wurde, war meine Mutter sechs Jahre alt, und als Ly die Widmung schrieb, war sie neunundzwanzig. Was verbindet die beiden Frauen mit einem so traurigen Bild?

Oma Ly will Krabben pulen lernen, hatte meine Mutter gesagt und den Kopf geschüttelt. Das lernt sie nie!

Und wenn ich es ihr beibringe?

Um kurz nach sechs klingelt das Telefon.

Kommst du zurecht?

Moin, Mama. Ich fahr jetzt zum Bäcker.

Und weißt du …

Ja, weiß ich. Dreizehn Brötchen für die Pension »Ebbe und Flut«, davon sieben ohne alles, vier Mohn, zwei Sesam, zwei Franzbrote. Wie geht es dir?

Hm.

Mama, ich muss los!

Bevor ich den Hörer auflege, bittet sie mich um Rätselhefte. Training für den Kopf.

An diesem Morgen stehe ich zum ersten Mal als Pensionswirtin mit der Einkaufsliste beim Bäcker. Niemand kennt mich.

Haben Sie vorbestellt?

Kaum habe ich gesagt, ich hätte gerne die Brötchen für die Pension »Ebbe und Flut«, stockt der Betrieb. Kunden und Verkäufer sehen mich an, neugierig und besorgt, haben schon einiges gehört, wollen alles genau wissen. Schlaganfall? Du meine Güte, habe selber vor zwei Jahren und damals, mein Mann, der hat sich nie ganz … Und wer hat sie gefunden?

Ich stecke die Brötchenliste in die Tasche. Sie wissen hier, was ich brauche. Im Regal stehen zwei Tüten, auf denen *PEF* steht, Pension »Ebbe und Flut«. Solange sich an der Zahl der Gäste nichts ändert, bleibt die Menge der Brötchen stabil. Abgerechnet wird am Sonntag, weil es montags, am ersten Tag der neuen Woche, vielleicht neue Gäste mit neuen Brötchenwünschen gibt.

Der Zustand meiner Mutter wird zum Gesprächsstoff beim Bäcker, beim Metzger, im Supermarkt und im Frühstücksraum der Pension. Kranksein und Krankenhaus, begreife ich, sind für eine Unterhaltung nur dann wirklich aufregend, wenn ich sie mit ein bisschen Schrecken anreichere. Fehlende Medikamente, ein zweiter Schlaganfall im Nachbarbett, eine Nachtschwester, die nicht kommt, wenn man nach ihr läutet. Ich verlasse den Bäcker als die reizende Tochter der Pension »Ebbe und Flut«, deren Mutter sich nur langsam erholt, und werde im Laufe der Wochen ein bisschen zur schwarzen Botin, immer mit einer kleinen Horrormeldung von der Krankenfront im Gepäck.

Guten Morgen, liebe Gäste, sage ich ein bisschen zu laut und betrete ein bisschen zu lässig den Frühstücksraum, in jeder Hand einen Korb mit frischen Brötchen.

Guten Morgen, Chefin, rufen die vier Frauen aus den Einzelzimmern, und dabei bleibt es während der Dauer ihres Aufenthalts. Sie sind die lieben Gäste, und ich bin die Chefin.

Den Menschen, die ich noch nicht kennengelernt habe, gebe ich die Hand, stelle mich vor, den verwöhnten Jungen, der mich nicht ansieht, ignoriere ich. Der Vater ist einer von der Sorte alleinerziehender Männer, die man gernhaben könnte, wenn sie ihre Aufgabe nicht so aufgebläht vor sich hertrügen. Der Krimiautor ist ein Mann mit grauem Dreitagebart, einer, dem man ansieht, dass er gerne beobachtet. Sein Lächeln verrät, dass er die Angst und Unsicherheit hinter meinem forschen Auftritt erkannt hat. Die vier Frauen nehme ich als Chor wahr:

Chefin, Ihre Mutter hat die Brötchen in der Küche durchgeschnitten!

Warum?

Wir sind Krümelmonster. Wollen Sie jeden Tag saugen?

Der Chor sagt:

Ihre Mutter hat zum Frühstück schöne Musik gemacht.

Was ist schöne Musik? Klassik?

Keine Katzenmusik!

Ich sehe in die Runde: Vater Horst zuckt mit den Schultern, sein Sohn isst Nutella mit dem Löffel aus dem Glas, der Krimiautor grinst, und ich mache »schöne Musik« von NDR 1: Froh in den Alltag. *Flieg nicht so hoch, mein kleiner Freund.* Texte, die sich im Kopf festkrallen. *Zwei Apfelsinen im Haar und um die Hüfte Bananen.* Gibt es positive Gehirnwäsche? Ich beginne die Schlager zu mögen. Sie erzählen Geschichten. Einfache Wahrheiten, aber doch Wahrheiten. Später gröle ich zum Heulen des Staubsaugers: *Abschied ist ein bisschen wie sterben.* Oder: *Es fährt ein Zug nach Nirgendwo.* Ich putze mit guter Laune, das würde eine Kantate nicht schaffen. Nur verträgt sich *Ein Bett im Kornfeld* nicht mit meinen Gedanken über eine geheimnisvolle Großstadt-Streunerin. DieEdith. Eine Frau mit einem langen Zopf im Nacken, die morgens auftaucht und abends verschwindet, wie vom Erdboden verschluckt. Ich hatte angefangen, ihr nachzugehen, ihre Wege durch die Stadt zu begreifen, war kurz davor, sie anzusprechen, und jetzt schleicht sie sich aus meinen Gedanken. *Tür an Tür mit Alice* ist eine ernsthafte Konkurrenz.

Die Schwestern Gewiese kommen gegen neun – auf ihren Tisch habe ich einen Blumenstrauß gestellt. Das Ehepaar Petersen frühstückt am Tisch vor der offenen Verandatür. Sie geben mir die Hand zur Begrüßung, wünschen gutes Gelingen und der Mutter Genesung.

Nach diesen Gästen kamen andere Gäste – aber diese Truppe, vor allem die Frauen aus den Zimmern 1 bis 4 im Haus 2, habe ich geliebt. Als ich an meinem ersten Arbeitstag ihre Zimmer betrat, waren die Betten gemacht, die Waschbecken geputzt, der Boden gesaugt. Sie kannten die Kammer mit den Putzmitteln, dem Schrubber und dem Staubsauger. Statt neun musste ich nur noch fünf Zimmer putzen.

Premiere gelungen. Am Abend gehe ich mit vielen Fragen ins Krankenhaus.

Warum werden in der Pension Käsescheibletten und Salamischeiben abgezählt auf den Tisch gestellt? Warum gibt es die Butter in kleinen Portionen? Überall gibt es Büffets, an denen sich die Leute nehmen können, was sie wollen. Warum nicht bei uns?

Meine Mutter verzieht das Gesicht. Du kennst die Menschen nicht, sagt sie und erteilt mir ihre zweite Lektion im Umgang mit Kunden: Wo Großzügigkeit ist, ist die Raffgier nicht weit. Du stellst ein Stück Käse auf den Tisch, eine ganze Salami, du zählst die Eier nicht ab – und was passiert?

Sie essen alles auf?

Meine Mutter schüttelt den Kopf.

Nicht sofort.

Ich lerne: Unter hundert Gästen sind zwei, die sich nehmen, was sie brauchen, um satt zu werden. Achtundneunzig packen ein, was auf dem Tisch steht, und sparen so den Imbiss am Mittag, die Torte am Nachmittag und schädigen die Wurst-Uschi und den Rudi vom Café am Dorfbrunnen.

Wieder ein Lehrsatz: Wir sind ein Kurort, mein Kind. Wir müssen uns den Kuchen teilen.

Aber vier Scheiben Salami sehen geizig aus.

Meine Mutter ärgert sich über jeden Satz, den sie in der neuen, verschwommenen Sprache sagen muss. Schlimm ist es, wenn ich nicht alles auf Anhieb verstehe. Dann rollt sie mit den Augen, schnauft, sieht aus, als wolle sie irgendjemanden für dieses Unglück verprügeln. Am liebsten sich selber.

Auch wenn vier Scheiben Salami geizig aussehen – es ist ihr Käse, ihre Salami, sie hat die Eier gekauft, sie ist die Geschäftsfrau, und eine Pension ist kein Hobby, und ihr Frühstück ist nicht teuer. Basta.

Sie sitzt im Bett, hellwach und ungeduldig. Neben ihr liegt Elfi. Absichtslos oder um den Kontakt zu ihr nicht zu verlieren, bedeckt ihre rechte Hand Mund und Nase der Puppe. Man sieht von Elfis Gesicht nur die graublauen, wimpernlosen Augen und den fransigen Pony. Warum sie wohl ausgerechnet diese ramponierte Puppe um sich haben will?

Ich habe den Belegplan mitgebracht, eine DIN-A2-große Übersicht, auf der mit einem Blick zu erkennen ist, welcher Gast in welchem Monat in welcher Wohnung in welchem Zimmer wohnt und wie lange bleibt. Ob ich den Plan verstehe? Ich nicke. Oma Ly aus der FeWo 1 ist seit zehn Tagen da und würde, nachdem Mann und Enkelkinder abgereist sind, noch vierzehn Tage bleiben. Richtig?

Sie nickt.

Die Schwestern Gewiese haben noch eine Woche vor sich, der Krimischreiber hat Zimmer 5 in Haus 2 bis zum 9. August gebucht. Richtig?

Sie nickt.

Danach steht das Zimmer eine Woche leer, und wenn ich für diese Lücke jemanden finde, wäre das perfekt. Ich lerne: Eine Woche Vermietung lohnt sich, für zwei Nächte werden keine Gäste aufgenommen. Zu viel Wäsche, zu viel Arbeit, zu wenig Geld.

Wenn am Mittwochmorgen jemand auszieht, kann ich ab Donnerstag vermieten?

Meine Mutter schüttelt den Kopf.

Ein Zimmer, das morgens leer wird, muss nachmittags bezugsfertig sein?

Sie nickt.

Der Schlaganfall hat sich die Richtige ausgesucht, denke ich. Jetzt muss sie nur noch das Nötigste sagen.

Nimmt eine Chefin Trinkgeld an?

Sie nickt und schließt die Augen. Ohne die Lebendigkeit ihrer Augen gleicht ihr Gesicht dem einer Ohnmächtigen. Und das ist sie auch. Eine Ruhende ohne Macht. Keine schmerzhaft Ruhende, eher eine wütende. Ich nehme ihre Hand von der Puppe und streichele sie.

Mama? Wer ist ELW?

Sie schüttelt langsam den Kopf.

Auch mit der Frage, warum es Gäste wie diesen Herrn Bittermann gibt, die im Keller statt in einer Ferienwohnung mit großen Fenstern und eigener Terrasse wohnen wollen, lässt sie mich alleine. Aber ich kenne die Antwort: Es ist, wie es ist. Der eine mag Keller, der andere Garagen, der dritte breitet sich in einer Ferienwohnung aus. Für meine Mutter ist es selbstverständlich, dass ihre Gäste immer wieder dort wohnen wollen, wo es ihnen schon einmal gut gegangen ist. Und genau das hätte ich gerne gewusst: War es dem Herrn Bittermann in ihrem Keller schon einmal gut gegangen?

Und dieser Gunnar Jannson, der Wetterfrosch aus Zimmer 5 – wie ist der so?

Noch eine Lektion. Gäste sind Kunden. Nähe ist keine Geschäftsgrundlage in diesem Gewerbe, auch nicht, wenn der Gast das Wetter vorhersagen kann und Krimis schreibt.

Ich stehe schon fast an der Tür, als sie leise sagt: Bevor Herr Bittermann kommt, stell eine weiße Lilie in den Keller.

Es ist nicht so, dass mir der Pensionsbetrieb ganz fremd wäre. Immer, wenn ich meine Mutter besuchte, habe ich geholfen. Ich weiß, wie man Stress vermeidet. Nach dem Aufstehen die Kaffeedose neben die Kaffeemaschine stellen, den Kaffee aufsetzen und in die Thermoskannen füllen, bevor die Brötchen vom Bäcker geholt werden. Meine Mutter ist eine gut organisierte Frau. Die Lieblingsmarmeladen der Gäste stehen im mannshohen Kühlschrank in Reih und Glied wie Soldaten: die Himbeeren neben den Mirabellen, die Kirschen neben den Erdbeeren, den Holundergelee hat sie selbst eingekocht. Schwarze Beeren vom Eulenbaum. Ein gewaltiger Vorrat an herbem Heidehonig steht im Vorratskeller. Butter und Margarine stapeln sich in der Tiefkühltruhe. Ich kenne den Ablauf eines Pensionstages. Nach dem Frühstück: Geschirr abräumen und in die Spülmaschine stellen. Wenn die Gäste das Haus verlassen, um den Tag am Strand zu verbringen: Betten machen, Waschbecken reinigen, Toiletten putzen, Staub und Sand wegsaugen. Einmal pro Woche Bettwäsche wechseln, alle drei Tage neue

Handtücher austeilen. Nicht vergessen: Fenster putzen. Der Tag besteht aus einem unendlichen Reigen routinierter Handgriffe.

Von meiner Mutter habe ich gelernt, dass man Zimmer »lesen« kann. So wie die ersten Sätze eines Buches verraten, ob die Geschichte heiter wird, kitschig, unheimlich, dramatisch oder melancholisch, so verrät der verschobene Sessel, die Vase, die vom Couchtisch auf die Fensterbank gestellt wurde, der Cremetopf auf der Waschkonsole, die Anordnung der Garderobe im Kleiderschrank eine Grundstimmung. Man kann sich auch täuschen, aber das ist mit Büchern nicht anders.

Zimmer, sagt meine Mutter, wünschen sich Bewohner, die ihnen einen Hauch ihres Lebens überlassen. Ein paar Krümel zum Phantasieren. Einen Geruch. Fotos. Die Hochzeit der Kinder, die Taufe der Enkelkinder. Hunde, Katzen, ein naher Freund, ein verstorbener Ehemann. Egal. Kleine Ausschnitte ihres Lebens. Zimmer, sagt meine Mutter, wollen den Geruch der Gäste atmen. Meine Mutter hat im Laufe der Jahre einen feinen Sinn für ein neu bezogenes Zimmer entwickelt. Sie wertet nicht, wenn sie es betritt, sie spürt, konstatiert, nimmt wahr mit allen Sinnen. Ist der Koffer ausgepackt oder nur halb geleert worden. Hängt die Kleidung im Schrank, oder werden Jacken und Hosen über Sessel und Stühle verteilt. Mit welchem Körpergeruch, welchem Parfüm zieht der Gast in sein Feriendomizil ein. Wenn sie ein Zimmer betritt, behauptet meine Mutter, rieche sie unabhängig von der speziellen Mischung aus Seife, Zahnpasta und Parfüm die Persönlichkeit des Gastes. Spürst du das?

Nein.

Mach die Augen zu!

Das, was übrig bleibt, wenn du die künstlichen Düfte abziehst, ist dieser besondere Mensch. Sein Charakter. Seine Eigenart. Ein Parfüm allein macht keine gute Atmosphäre.

Meine Mutter wühlt nicht in Schubladen. Postkarten und Briefe rührt sie nicht an. Dass sie sich für Bücher in Gästezimmern interessiert, ist kein Geheimnis. Sie lässt sich Krimis erzählen, lernt neue Autoren kennen. Sie ist eine gefräßige Leserin, die in jedem Buch etwas findet, worüber sie nachdenken kann, was sie anregt, von fernen Ländern zu träumen, fremden Menschen und Kulturen. Sie liebt Krimis mit praktischen Hinweisen zur Aufklärung von Heimlichkeiten, Lügen und Verbrechen. So fand sie vor vielen Jahren im Schreibtisch meines Vaters ein Blatt Papier, das ihm als Unterlage für einen Brief gedient hatte, entdeckte die beinahe unsichtbaren Abdrücke seiner Schrift, rauchte und verstrich die kalte Asche über die leere Seite. Graue Buchstaben, Lüge und Betrug: *Liebste Rosel, tausend Küsse.*

Meine Mutter spricht nicht über Menschen, die bei ihr wohnen. Aber für Veränderungen, die sie in den Zimmern vornehmen, interessiert sie sich sehr. Für sie sind Zimmer ungeschriebene Krimis.

Oft hat sie recht, und es stellt sich heraus, dass ein Gast, in dessen Zimmer sie sich nicht wohlfühlt, ein unangenehmer Mensch ist. Meine Mutter erkennt auch Zimmer, in denen mit einem neuen Menschen die Angst einzieht, das Unglück oder die Trauer. Wie kannst du das spüren? Sie hat mit den Schultern gezuckt, sich im Zimmer gedreht, in die Luft gegriffen und gesagt: Lässt sich nicht fassen.

Meine Mutter ist keine Schnüfflerin, eher ein Spürhund. Für sie besteht ein Zimmer, wie ein Buch, aus Text und Subtext. Den Text kann jeder lesen. Sogar ich sehe, dass ein Zimmer unaufgeräumt verlassen wurde, im Waschbecken Haare kleben, Zahnputzreste und Hustenschleim. Ich ekele mich vor den Spuren blutenden Zahnfleisches und schmutzigen Toiletten. Auch ein zerwühltes Bett, ein zerknautschter Schlafanzug, eine nicht einmal provisorisch glatt gezogene Bettdecke gehört zum Haupttext. Der Subtext ist diffiziler. Wie passt die Bibel auf dem Nachttisch zum Cremetopf von Dior? Fünfzig Milliliter für zweihundert Mark? Warum versteckt die kühle Professorin die Groschenheftchen unter ihrer Wäsche im Kleiderschrank?

Nach zwei Wochen habe ich in gewissen Dingen Routine. Der Krimiautor lobt die Eier im Glas. Ich beschließe, dass es mich nichts angeht, wie viel Nutella die verwöhnte Göre jeden Morgen in sich hineinstopft. Die braune Masse ist nicht teuer, und ob so viel Süßes schädlich ist, muss der Vater entscheiden. Das Kind sagt nicht Danke und nicht Bitte. Es sieht nicht auf, wenn ich seinem Vater das Rührei serviere. Ich träume von einem riesengroßen Nutellaglas: Knabe rein, Deckel drauf. Kinder sind wie Katzen, hat meine Mutter gesagt, beachte sie nicht, und sie laufen dir nach. Sie hat recht. Kurz vor der Abreise folgt mir der kleine Kerl, als gäbe es zwischen uns ein Gummiband.

Ich bekomme Routine. Ich renne zehnmal am Tag ans Telefon, nur um zu sagen:

Pension »Ebbe und Flut«.

Nein, kein Meerblick.

Wiesen, Weiden, Schafe, Kühe, Möwen, was Sie wollen.

Nein, kein Meerblick.

Der Weg zum Strand?

Zwischen vier und zehn Minuten, je nach Kondition.

Nein, kein freies Zimmer. Wir sind bis Weihnachten ausgebucht. Ich habe mir angewöhnt, freundlich-flapsig zu sein, ich muss nicht dienern. Ich lerne, sachlich und ohne Unsicherheit in der Stimme zu sagen: Der Preis versteht sich ohne Frühstück.

Nein, ich vermiete keine Strandkörbe. Strandkörbe gibt es am Strand.

Hunde? Tut mir leid, es gibt Gäste mit Allergien und Menschen mit Angst vor Hunden.

Ihrer tut nichts?

Glaub ich. Wer sagt schon, dass sein Hund bellt und beißt?

Katzen?

Tut mir leid, im Garten leben Vögel.

Ihre Katze mordet nicht? Vogelmord gehört zum Wesen einer Katze.

Ich kaufe der Pension einen Anrufbeantworter und verschweige meiner Mutter, dass ich beim ersten Gästewechsel Wuttränen geheult habe. Das junge Paar mit dem Hund hatte sich geweigert, für die Endreinigung zu bezahlen, und versprochen, selbst zu putzen. Sie reisten ab, die Wohnung war ein Saustall. Hundehaare auf dem Sofa, den Sesseln, dem Teppich, den Betten. Am Spiegel klebten Spritzer ihrer Zahnpasta, am Besteck Essensreste. Es waren die ersten Gäste, die ich verfluchte, aber nicht die letzten. Ich laufe durchs Dorf, höre Udo Jürgens aus einem Andenkenladen: *Das war ein super Sommer in jedem Augenblick …* Ich verwünsche den Sommer, die Sonne und den ganzen Kurbetrieb.

Der Bäcker kennt eine zuverlässige Putzfrau, und als sie mich in meinem Elend sieht, steht sie mir bei, wann immer ich ihre Hilfe brauche. Sie heißt Esveranka, ist Bulgarin und lässt sich von meiner Unfähigkeit, Bettwäsche zu bügeln, rühren. Nicht weggeben, Frau Pia, sagt sie, zu teuer. Machen Esveranka. Ich bezahle ihr mehr als den üblichen Stundenlohn. Es ist mein Geld, das ich ausgebe.

Ich mache die bezahlte Endreinigung zur Pflicht. Sehen die Leute nicht, was ich sehe? Ist der eigene Dreck unsichtbar? Über das Thema »Mensch und Klo« kann ich schon bald ein Referat halten. Eher eine Hasstirade. Sie ziehen ihre Scheiße zwar ab, aber das, was kleben bleibt, überlassen sie mir.

Ach, Esveranka, warum sind die Menschen so?

Sind so, sagt Esveranka. Bleiben so.

Herr Bittermann kommt mit dem Taxi.

Zwei Koffer, zwei Kleidersäcke, eine Hutschachtel. Ich hatte mir einen großen, hageren Mann vorgestellt, aber Jons Bittermann ist klein, rundlich, hat ein Gesicht, das darauf wartet, lachen oder spotten zu können. Er sieht älter aus als meine Mutter, um die siebzig vielleicht. Er wird vier Wochen mein Gast sein. Er trägt einen hellen Hut, den er in den Nacken schiebt, als er mich vor der Haustür stehen sieht. Er kneift die Augen zusammen, runzelt die Stirn – ich sehe, was er denkt: Die ist kein Kurgast. Ich gehe ihm entgegen, lasse ihm keine Zeit, nach der Frau zu fragen, auf die er sich sichtlich gefreut hat. Ich gebe ihm die Hand, nenne meinen Namen und erkläre in wenigen Worten, was passiert ist. Seine Ankunft ist eine Mischung aus blitzschneller Reaktion und großer Ruhe. Ein Entschluss und seine Umsetzung. Er nimmt dem Fahrer die Kleidersäcke ab, legt sie mir in den Arm, lässt die Koffer auf der Straße stehen, fragt nach dem Namen des Krankenhauses, steigt zurück ins Taxi, und schon ist ein eben Angekommener ein bereits Abgereister. Ich trage das Gepäck in den Keller, lasse mich auf das Schlafsofa fallen. So ist das also mit der Regel Nummer drei: Freunde sind Freunde und Gäste sind Gäste und Nähe ist keine Geschäftsgrundlage in diesem Gewerbe.

Dieser Mann will vier Wochen Urlaub in einem Kellerraum machen, in dem das Tageslicht durch zwei nur zur Hälfte aus der Erde ragende Fenster fällt. Wie Schießscharten. Das Zimmer ist nicht dunkel, aber karg. Graublaue Auslegware auf dem Betonboden, darüber Läufer, die wie echte Perser aussehen sollen. Zwei Sessel, ein Couchtisch, ein Schlafsofa, unsere alte, plüschige Stehlampe. Ein großer Kleiderschrank mit Platz für die Garderobe einer ganzen Familie. Ein kleines Bad mit Waschbecken, Klo und Dusche. Ich kann diesen Gast nicht »lesen«, weil er noch nicht eingezogen ist, weil ich in diesem Raum mit seinen Koffern und Kleidersäcken und einer Hutschachtel alleine bin. Das ergibt keine Geschichte und ist, wenn überhaupt, nur der Entwurf eines Mannes, der Wert auf teure Hüte legt, edle Koffer und knitterfreie Anzüge. Weil er noch keine Fotos aufgestellt hat, keine Anzüge in den Schrank gehängt, keine Seife, keine Rasiercreme, kein Buch ausgepackt hat, kein Parfüm, überhaupt keine Duftmarke gesetzt hat, verrät der Raum nur die Handschrift meiner Mutter.

Ob ihr bewusst ist, dass auch die von ihr eingerichteten Räume Lektüre sind? Wozu moderne

Lampen kaufen, wenn es die alte Stehlampe aus unserem Wohnzimmer tut? Wozu eine Badewanne, wenn die Leute mit einem Waschbecken und einer Dusche zufrieden sind? Wozu ein teures Bett, wenn den Gästen das schlichte Schlafsofa gefällt? Im Bücheregal stehen mein alter Plattenspieler und meine Plattensammlung. Ihre Art, Gästezimmer einzurichten, ist wie sie: pragmatisch, praktisch, schnörkellos.

Abends fallen die Strahlen der untergehenden Abendsonne durch die Fenster und tauchen den Raum in ein warmes Orange. Den Teppich, die Sessel, die Bücher. Auch die Puppen. Stehen, liegen, sitzen hier irgendwelche Puppen oder eine besondere Auswahl? Ich sehe eine Puppe mit einem blauen und einem braunen Auge. Ich entdecke eine Puppe mit nur einem Ohr. Die Puppen in diesem Keller sind nicht weniger versehrt als ihre Brüder und Schwestern in den anderen Zimmern. Gibt es ein Zeichen in diesem Zimmer, das nur dieser Mann und meine Mutter verstehen? Ich habe ihren Wunsch erfüllt und eine weiße Lilie ins Zimmer gestellt.

Das Kellerzimmer ist ein eigenartiger Raum. Er ist frei von den Geräuschen eines Pensionsbetriebs. Hier hört man kein Lachen und keinen Staubsauger. Kein Kurgast verirrt sich hierher, nur meine Mutter muss an dieser Tür vorbeigehen, wenn sie das Reich betritt, in dem sie wäscht und bügelt, Vorräte hortet, die Tiefkühltruhe auffüllt, Werkzeug lagert und ihren – und jetzt auch meinen – Umkleideraum eingerichtet hat. Zwischen ihr und den Gästen eine Tür aus Stahl.

Früher war der Kellerraum, in den Herr Bittermann einziehen wird, unsere »Turnhalle«. Acht Meter lang und fünf Meter breit. Auf dem Betonboden lagen weiche Schaumgummimatten, auf denen wir Handstand und Kopfstand, Rolle vorwärts und Rolle rückwärts übten. In die Türzarge hatte mein Vater dicke Schrauben gedreht, hier konnten wir die Schaukel einhängen und an den Turnringen die Muskeln trainieren. Klimmzüge, Aufschwung und Kerze. In der Mitte des Raums stand die Tischtennisplatte. Hier stank es immer nach Zank und Schweiß. Meine Schwester heulte, wenn sie beim Tischtennis verlor, ich wurde wütend, wenn mein Vater gewann. Wir nennen diesen Raum noch immer »Turnhalle«. Im Belegplan hat das Zimmer keine Nummer, nur einen Buchstaben. T. Und jetzt duftet es hier nach einer Lilie.

Woher kennt der neue Gast meine Mutter so gut, dass sein erster Weg ins Krankenhaus führt? Warum hat sie uns nie von ihm erzählt? Vier Wochen Urlaub sind eine lange Zeit. Ich werde jede Gelegenheit wahrnehmen, ihn auszufragen. Oder haben sich da zwei angefreundet, die gerne wortkarg kommunizieren?

Am Abend gebe ich ihm die Schlüssel, frage, ob die Frühstückszeremonie, die mir meine Mutter andeutete, eine Sache zwischen ihm und ihr sei oder ob er sie mit mir fortsetzen wolle. Er will. Er wünscht eine gute Nacht und steigt die Kellertreppe hinunter, zweimal sechs hölzerne Stufen. Nach dem Treppenabsatz sehe ich im schwachen Licht des Treppenhauses nur noch seine rechte Hand über das Geländer gleiten. Er trägt am kleinen Finger einen Siegelring. Er öffnet die Tür, macht Licht, betritt das Zimmer. Ich warte auf ein Geräusch. Er schließt sich nicht ein.

Verdammt! Ich habe das Bettzeug aufs Schlafsofa gelegt und vergessen, es zu beziehen. Soll ich klopfen? Hilfe anbieten? Ist das peinlich? Zu intim?

Wie er die Stufen hinuntergegangen ist. Langsam. Wie ein Verurteilter. Abstieg in den Hades. Aber wahrscheinlich habe ich nur zu viele Filme gesehen, in denen dunkle Kellertreppen nichts Gutes verheißen.

Am nächsten Morgen klopfe ich um elf Uhr an seine Kellertür und rufe:

Teatime, Mr. Bitterman!

Yes, Lady, I'm ready.

Eine Stunde später setzt er sich, nach Rasierwasser duftend und perfekt gekleidet – Weste, Schlips, die Schuhe blank geputzt –, in das leere

Frühstückszimmer. Ich habe den großen Damentisch gedeckt und brate ihm, wie er es von meiner Mutter gewöhnt ist, drei Spiegeleier mit Speck, lege zwei Scheiben Schwarzbrot in den Brotkorb, stelle eine große Kanne mit schwarzem Tee auf den Tisch, dazu ein Kännchen kalte frische Milch. Keinen Zucker. Ich trödele in der Küche herum und hoffe, dass er mich ruft, mich ausfragt, mir erzählt, wie er in die Pension meiner Mutter geraten ist. Er isst langsam, mit Genuss, wischt sich mit einer Stoffserviette, die nur er bekommt, den Eiermund ab. So schnell entsteht neue Arbeit: waschen, trocknen, bügeln, falten.

Er bleibt nach dem Frühstück noch eine Weile sitzen, geht dann zum Rauchen auf die Terrasse, hat sich vorher aus dem Geschirrschrank einen kleinen Aschenbecher geholt. Keine Frage, der Mann ist hier auf irgendeine Art zu Hause. Ich stelle mich zu ihm.

Herr Bittermann?

Er nickt, sieht mich mit seinen lustigen Augen aufmerksam an und sagt: Missis Pia, wir werden uns in den nächsten Wochen die Zeit mit Ihrer Mutter teilen. Ich mittags, Sie abends.

Ich fühle mich überrumpelt, weiß aber nichts Besseres, als das Spiel erst einmal mitzuspielen.

Yes, Sir!

Er lacht. Sie wird es schaffen. Ihre Mutter ist eine zähe Person.

Bevor er die Pension verlässt, sagt er, er werde ihr einen Stapel Rätselhefte ins Krankenhaus bringen, Bleistifte, Anspitzer, Radiergummi – ist das o. k.?

Yes, Sir!

Ich glaube, dass das Telefon nun noch häufiger klingeln wird als bisher – und so ist es auch. Meine Mutter hält sich mit der Begrüßung nicht lange auf. Sie schiebt ihre Fragen durch den Hörer, als sei ich die Auskunft:

Rasende Frau?

FURIE.

Einzelstück mit U?

UNIKAT.

Das Gespenst an Bord eines Schiffes mit dreizehn Buchstaben kannte sie:

KLABAUTERMANN.

Aber wie heißt die Hauptstadt von Nicaragua? Fängt mit M an und hat sieben Buchstaben.

MANAGUA.

Mama, war's das? Ich muss einkaufen.

Eins noch: Eine alte Heilmethode mit acht Buchstaben – ich habe ein D und ein L.

Gibt es einen Anfangsbuchstaben?

A.

ADERLASS

Danke, Kind. Kommst du heute?

Gegen Abend. Ist doch so entschieden worden – oder?

Ich sehe sie vor mir. Ein Mund voll Schweigen. Stur. Ihre Stille hat etwas Lauerndes: Wann würde ich nach dem neuen Gast fragen? Meine Stille ist Ungeduld. Wann wird sie die Geschichte mit Bittermann aufklären? Und ich will wissen, was es mit der Zeichnung auf sich hat.

Mama, das Bild in der Schublade …

Ly will Krabben pulen lernen.

Ich will doch nur wissen, warum sie dir das Bild geschenkt hat!

Ich bin jetzt wirklich müde.

Ich weiß nicht, wo meine Mutter das Schweigen gelernt hat. In der Ehe? Im Krieg? Sie hat ihre ganze Familie verloren. Zwei Schwestern, die Eltern, die Großeltern, einen Onkel. In einer Nacht. Wie sich später herausstellte: begraben und erstickt unter den Trümmern eines Hauses, das nach dem Bombenangriff keinen Ausgang mehr hatte. Unternehmen Gomorrha hieß der Angriff, der die Stadt in eine brennende Hölle verwandelt hatte. Wo war meine Mutter in dieser Nacht? Wo war ich? Hat diese Nacht sie gelehrt, nur noch das Nötigste zu sagen? Es ist, wie es ist, nicht weggucken. Augen auf und durch. Ich bin sicher, dass sie mit keinem Nachbarn in unserer Straße über ihr Leben im Krieg gesprochen hat. Dass ihr Mann im Ausland tödlich verunglückt ist, ließ sich nicht vertuschen, aber die Umstände des Todes, die Sehnsüchte, die mit dieser

Reise verbunden waren, die kennt hier niemand. Und wenn man sie gefragt hätte? Hat keiner. Vielleicht weil meine Mutter fragenden Menschen aus dem Weg geht? Auch mir? Schickt sie mich deshalb zu Oma Ly? Dann wäre der Unterricht im Krabbenpulen so etwas wie die Eintrittskarte zur Geschichte der »schmerzhaft Ruhenden«?

Kind, du weißt, dass die Damen Ende der Woche abreisen …

Ja, Mama, weiß ich. Der Arzt sagt, dass du nachts nicht schläfst, sondern Stufen steigen übst. Stimmt das?

Sie beendet das Gespräch, indem sie tief seufzt und den Hörer auflegt.

Sie hat mir befohlen, keinem Gast zu erlauben, sie zu besuchen. Was ich erst später erfahre: Frau Conradi, Oma Ly, die mich »mein Kind« genannt hatte, geht jeden zweiten Tag ins Krankenhaus. Immer nach dem Frühstück, wenn ich die Zimmer putze.

Kein Gast darf meine Mutter besuchen?

Ich kenne jetzt schon zwei.

Als ich am nächsten Morgen die Küche betrete, steht ein Geschenkkorb auf dem Tisch. Obst, eine Schachtel Lübecker Marzipan, eine Flasche Traubensaft und drei Krimi-Klassiker für meine Mutter: Chandler. Hammett. Capote. »Die Tote im See«.

»Der dünne Mann.« »Kaltblütig.« Eine Karte mit guten Wünschen und eine Vorbestellung: Nächstes Jahr, gleiche Zeit, Zimmer 1 bis 4.

Eine zweite Karte ist für mich. Die Damen feiern Abschied vom Urlaub in der Puppenpension und laden mich ein. Vier Unterschriften. Anuschka, Käthe, Gila, Heiderose, die Engel, die ihre Zimmer selber putzen. Ich schreibe: *Seid meine Gäste. Freitag, 19 Uhr.*

An diesem Tag rührt mich in diesem Betrieb einfach alles. Der Geschenkkorb. Das Versprechen, meiner Mutter, die sich für ihren schiefen Mund schämt, die Treue zu halten. Ich weine über weiße Lilien und spüre die zarten Fäden zwischen der Pension und dem Krankenzimmer meiner Mutter. Ich fange an, mich in dem Gespinst zu verfangen.

Der Mond steht seit Stunden am Himmel, aber die Sonne will nicht untergehen. Ihr gemeinsames Licht ist eine fahle Mischung aus Grau und Blau. Die Bäume stehen im Garten wie Wartende: Wird es jetzt Nacht, oder kommt schon der Tag? Auch die Eule im Holunderbaum wirkt unschlüssig. Sie sieht mich an. Soll sie jagen oder schlafen?

Ich schaue auf die tägliche To-do-Liste: Margarine, Butter, Eier. Häkchen. Esveranka bezahlen. Häkchen. Milch, Nutella, Gemüse. Häkchen. Ich ernähre mich nicht aus der Tiefkühltruhe meiner Mutter, ich esse Gemüse mit Salz und Butter oder Kartoffeln mit Butter und Salz. Oder Schnitzel und Salat. Ich koche Suppen für drei Tage, ich bezahle Rechnungen, sortiere Post. Meine Schwester hat eine Ansichtskarte aus dem Urlaub geschickt. Eine graue Villa am Gardasee. Im Garten Liegestühle unter Palmendächern. Sie wünscht mir Kraft und gute Laune. Ich zerreiße die Karte. Wenn meine Seele eine Farbe hätte, sähe sie aus wie das Licht dieser Sommernacht. Nicht hell und nicht dunkel.

Vor mir liegt ein Block mit leeren Seiten. Noch immer keine Notizen für mein Drehbuch über die geheimnisvolle Streunerin. Wenn es mir nicht bald gelingt, dieser Figur einen festen Platz in meinem Kopf zu reservieren, werden sich die wenigen Ideen, die ich schon hatte, zwischen den täglichen To-do-Listen auflösen. Wann ist Markt? Wann bringt der Bauer frische Eier? Mittwochs oder freitags? Wer reist ab, wie heißen die neuen Gäste? Ich muss mir ein kleines Zimmer im Kopf einrichten, in dem ich ganz allein sein kann mit den Gedanken an meine Freunde in der Stadt, meine Arbeit, meine Pläne. Zutritt verboten. Privat. Die Eule starrt, als wolle sie mir raten, diese diffusen schönen Stunden zu genießen. Es ist windstill.

Ich bin von einer grünen, blickdichten Mauer umgeben und kann nicht sehen, aber hören, was hier lebt, kraucht, raschelt.

Als meine Eltern beschlossen, ihr Grundstück von einer hohen Ligusterhecke einrahmen zu lassen, haben sie eine Unmenge gakeliger Setzlinge in den Boden gesteckt. Wintergrüne Wurzelware. Zwanzig bis dreißig Zentimeter hoch. Ligustrum vulgare Atrovirens. Pro Meter vier bis fünf Triebe mit zarten Blättern. Sie tragen im Sommer vierblättrige weiße Blüten und kleine blaue Beeren, Vogelnahrung, von denen Menschen Kopfschmerzen, Durchfall und Magenkrämpfe bekommen. Am Anfang waren die Setzlinge lauter Singles, die ihre Äste wie Ärmchen ausstreckten, um den Nachbarn zu berühren. Und irgendwann waren sie so miteinander verklammert, dass sie zur Hecke wurden, in der ein Chor aus Spatzen, Rotkehlchen und Finken musizieren. Unsere grüne Wand zieht Schmetterlinge an. Ligusterschwärmer, Admirale und Pfauenaugen, sie ist ein Versteck für Igel und wird gegen Abend zum Schlafplatz für Hasen. Unsere Hecke ist in vielen Jahren groß und stark geworden. Sie wird zweimal im Jahr geschnitten, damit sie dicht bleibt und ein sicheres Versteck für Nester.

Ich liebe diese Hecke. Auch ihre Stille in der Nacht. Um mich herum spüre ich warme, atmende Körper. Hin und wieder ein leises Piepsen. Zarte Töne aus der Blätterwand. Dann, stelle ich mir vor, träumen die Vögel von Würmern und kühnen Flügen durch die Luft.

Es ist noch nicht spät, zehn vielleicht. Die Eule breitet ihre Flügel aus. Sie scheint die Schritte vor mir gehört zu haben. Sie gleitet über die Hecke, löst sich auf in dieser Nacht. Die Schritte nähern sich der Terrasse. Ich sehe einen Schatten und richte mich auf.

Der Schatten bleibt stehen, fragt, ob er störe, und als ich ihm zögernd erlaube, sich der Terrasse zu nähern, wird aus dem Schatten der Krimischreiber aus Zimmer 5. Herr Jannson. Hans oder Jens?

Er sagt: Gunnar Jannson, darf ich? Er hat eine Flasche Wein in der rechten Hand und in der linken zwei langstielige Gläser, die nicht aus Zimmer 5 stammen. Dort gibt es nur Wassergläser. Ich nicke, und bevor er lauthals guten Abend sagen kann oder fragen, ob wir zusammen diesen Wein trinken wollen, lege ich den Finger auf den Mund. Pst! Ich will nicht, dass die Eule sich nicht traut zurückzukehren.

Er ist ein angenehm leise sprechender Mann. Ob er meine Mutter auch mit einer Flasche Wein besucht hätte? Wirke ich einsam? Traurig? Ich arbeite mit Sätzen und Wörtern, ich schreibe Dialoge – aber einen Text, mit dem man einen freundlichen Mann mit zwei Gläsern in der Hand wegschicken kann, habe ich nicht parat. Außerdem sind meine Gedanken träge, haben sich in der Hecke verfangen, ich kann zur Unterhaltung nicht viel beitragen. Wir stoßen unsere Gläser aneinander. Ich sage: Guter Wein, und er sagt: Riesling, Pfalz, nennt das Weingut und den Winzer, fragt nach der Mutter, und da ich einsilbig bleibe – geht so, wird schon –, sitzen wir uns stumm gegenüber. Dass Vögel nachts träumen, werde ich ihm nicht verraten, und seine Frage, ob der neue Gast, der mit dem Taxi gekommen ist, ein Freund meiner Mutter sei, beantworte ich mit Schulterzucken.

Wieso Freund?

Er hatte die Ankunft beobachtet. Das kurze Gespräch, das Gepäck auf der Straße, die hastige Abfahrt.

Seltsamer Auftritt – oder?

Hm.

Lektion vier: Niemals mit Gästen über Gäste reden.

Wie schön es wäre, hier jetzt mit einem Vertrauten zu sitzen. Reden oder schweigen, den Abend genießen, auf die Eule warten. Weil aber Schweigen mit einem fremden Mann anstrengend ist, frage ich nach der Besonderheit seiner Krimis. Ermittelt ein Kommissar? Eine Kommissarin? Ein Pathologe? Ein Privatdetektiv? Eine SoKo? Ein Schäferhund? Eine Art Miss Marple? Er lässt mich eine Weile raten und sagt dann:

Bei mir wird nicht so ermittelt.

Sondern?

Er macht keine Vorgriffe. Auch keine Rückblenden. Seine Bücher beginnen mit dem Ende der Geschichte: Der Mord ist aufgeklärt, die Leiche gefunden, der Täter überführt und verurteilt.

Der Täter im Knast – und wie weiter?

Zurück ins Leben des Täters. Schritt für Schritt, Kilometer für Kilometer, Jahr für Jahr.

Kindheit? Schule?

Er schenkt Wein nach. Er sagt: Nicht so schnell. Vor der U-Haft steht die Aufnahmeprozedur.

Sachen abgeben, Kleidung ausziehen, Einkleidung. Davor: die Verhaftung. Davor: die Flucht. Davor: das Gejagtwerden. Davor: die Tat. Davor: der Plan, einen Menschen zu überfallen, auszurauben oder zu ermorden. Davor: ein wie auch immer geartetes Leben ohne Tatabsicht. Davor …

Die eigentliche Geschichte beginnt in der Wiege?

Er lacht. So ungefähr. Es gibt keinen geraden Weg von der Wiege in die U-Haft.

Und was weiß ich vom Täter, wenn ich ihn bis zum Anfang seines Lebens begleitet habe?

Das Komplizierteste, was ich mir vorstellen kann: eine Biografie, zu der kein Verbrechen gehören sollte.

Sie sind Psychologe?

Er schüttelt den Kopf.

Polizist? Kriminologe? Detektiv?

Er schüttelt den Kopf.

Wahrsager?

Ein bisschen. Meteorologe.

Immer wieder fällt sein Blick auf meinen karierten DIN-A4-Block. Ich weiß, was er sieht: dreitausend kleine Karos auf einer Seite. Alle leer. Mein Bleistift auf der weißen Seite wirkt wie eine eingestandene Resignation: keine Zeit, kein Einfall, keine Lust oder alles zusammen. Soll er denken, was er will, während ich mich frage, ob es im Regelwerk meiner Mutter ein Verbot gibt, mit Kurgästen abends Wein zu trinken. Egal. Es ist, wie es ist. Hier sitzt ein Wetterfrosch, der Krimis schreibt und für den ein Verbrechen eine Logik hat.

Keine Logik, sagt er, aber manchmal ist das Drama vorhersehbar. Beim Wetter habe ihn immer fasziniert, wie viele Faktoren sich gegenseitig beeinflussen, bis es auf etwas hinausläuft, was wir dann Wetter nennen. Eine hochkomplizierte Mischung aus fallenden und steigenden Temperaturen, wechselnden Windgeschwindigkeiten, Luftdruck, Luftfeuchtigkeit, Niederschlägen. Kleinste Abweichungen können das Ergebnis dramatisch verändern. Durch die Drehung des Windes wird aus dem weichen Pulverschnee ein Schneeball und der Schneeball zur Lawine mit verheerenden Folgen. Auch die Biografie eines Tsunamis besteht aus Vorhersage und Zufall.

Wer hätte gedacht, dass aus dem sperrigen Anfang ein so netter Abend wird. Also, sage ich, entspräche in diesem Konzept der Säugling dem Pulverschnee, der zum Schneeball wird und dann zur Lawine? Die Entwicklung des Babys zum Täter. Ist das nicht immer dieselbe Geschichte?

Er schüttelt den Kopf. Nein. Keine Geschichte ist wie die andere. Die Lebensläufe, die er recherchiere, auch wenn sie alle im Gefängnis enden, könnten unähnlicher nicht sein. Deshalb gibt er seinen Büchern die Namen schwerer Stürme: Ruth. Marcel. Verena. Knuth. Die Flasche ist leer, sagt er.

Nein, kein Wein mehr.

Es ist nach elf. Ich bin müde. Und außerdem macht mir ein Mann, der so klare Vorstellungen von seiner Arbeit hat, schlechte Laune. Er scheint meine Unlust, den Abend zu verlängern, zu spüren, fragt nach meinem Filmprojekt und scheint genau zu wissen, was passiert, wenn man einen müden Menschen nach seiner Arbeit fragt: Er wird wach.

Gunnar Jannson holt eine zweite Flasche aus dem Gästekühlschrank und hört sich aufmerksam mein Projekt an, aus dem vielleicht eine Komödie wird, vielleicht auch ein Drama. Am besten eine Mischung aus Drama und Komödie. Gibt es Dramödien? Ich fange ja erst an, über die Figur nachzudenken, die in weiten, weißen Kleidern durch die Stadt geistert, in der ich lebe.

Vielleicht liegt es am Wein, dass ich ihm von dem Wunsch erzähle, mir in meinem Kopf ein Zimmer einzurichten, in dem es keine Brötchen gibt, keine Marmeladen und auch keine Eier im Glas, nur mich und meine Arbeit.

Es ist weit nach Mitternacht, als Gunnar Jannson, Doktor der Meteorologie und Krimiautor, die leeren Flaschen nimmt und darauf besteht, die Gläser in seinem Zimmer zu spülen. Schön, so ein

Abend, sagt er, als plane er weitere Besuche auf der Terrasse.

Er wirft einen letzten Blick auf meinen Block, dessen erste Seite noch immer aus dreitausend Kästchen besteht.

Er hat die Terrasse schon fast verlassen, als er sich noch einmal umdreht und sagt: Das Licht passt gut zu Ihnen.

Weil ich wie ein Gespenst aussehe?

Eher wie eine Fee.

Der Mann hat Witz. Mich mit einer Fee zu vergleichen ist wirklich noch niemandem eingefallen.

Er sagt: Sie haben die Zutaten eines wunderbaren Filmstoffs direkt vor sich. Eine Pension. Eine Eule. Die Gäste Ihrer Mutter. Vielleicht passt das besser zu der Schreibstube im Kopf?

Bevor ich ins Bett gehe, suche ich im Bücherregal unter dem Buchstaben »J« nach dem Wetterfrosch aus Zimmer 5. Kein Jannson, Gunnar. Nur Jünger, Ernst. Ich decke die Frühstückstische. Wer abends deckt, spart Zeit am Morgen. Ich stelle die Thermoskannen neben die Kaffeemaschinen und hole die Brotkörbe aus dem Schrank.

Acht-eins-vierzehn-neunzehn. Bevor ich ins Bett gehe, öffne ich die versperrte Schublade. Das Gesicht der Ruhenden hat nichts von seiner schmerzhaften Traurigkeit verloren. Vielleicht ist es nicht gut, dieses Bild mit in den Schlaf zu nehmen, aber ich kann die Schublade nicht zuschieben, ohne dem Gesicht zu sagen: Wer du auch bist – du bist nicht mehr allein.

Wenn Wischen, Saugen, Fegen mich nicht auffressen sollen, muss eben alles zur Recherche werden. Jeder Handgriff. So werden auch ungemachte Betten und verdreckte Kloschüsseln interessant. Sogar die Anrufe meiner Mutter, bevor der Wecker klingelt.

Mama, du musst mich nicht wecken!

Alleine wirst du nicht wach, wir kennen das aus der Schulzeit. Wann bist du gestern ins Bett gegangen?

Nach Mitternacht.

Das ist zu spät, Kind.

Die Nacht war so schön. Ich habe mit einem Gast auf der Terrasse gesessen.

Was hast du?

Ihre Stimme klingt empört.

Du hast …?

Mit Gunnar Jannson Wein getrunken. Warum nicht?

Und was sollen die Leute denken?

Mama, welche Leute?

Die Gäste!

Was meinst du, was die denken?

Das wolle sie sich nicht ausmalen, sagt sie, sehr

wach für den frühen Morgen, man könne ja auf die Idee kommen …

Ja, Mama, auf welche?

Dass du dir unter den Gästen einen angeln willst.

Angeln?

Ich weiß nicht, ob ich lachen oder explodieren soll, aber ein Streit ist kein guter Start in den Tag. Also frage ich, was sie noch auf dem Herzen hat. Es raschelt im Hörer, sie blättert in einem Buch oder Heft.

Poetische Stille mit drei Buchstaben?

Über allen Wipfeln ist …

Ach so. Danke! Ich weiß so wenig …

Mehr als ich. Wie heißt wohl die Blume der Liebe, der Trauer und der Treue? Hat dunkelgrüne Blätter, fängt mit L an und hat fünf Buchstaben.

Einen Moment denkt sie wirklich nach. Dann sagt sie: Du bist gemein und beendet das Gespräch.

Wenn alles, was ich hier erlebe, Bausteine einer Geschichte sind, dann wird auch die Ungeduld meiner Mutter erträglich und ihre schlechte Laune, wenn der Arzt sagt, sie müsse sich schonen. Auch ihre Wut bei dem Wort »Reha«. Sie will raus. Sie will entlassen werden. Mir macht das Wort »Reha« Angst. Es ist Anfang August, und die Pension ist bis Weihnachten ausgebucht. Noch fast sechs Monate. Es gibt Anfragen für Silvester, für Januar, Februar, für den nächsten Sommer sowieso. Meine Schwester ist aus dem Urlaub zurück, sitzt in der Kanzlei mit dem goldenen Firmenschild und verrät keine Neigung, mich zu ersetzen. Als sie einen Besuch bei meiner Mutter anbietet und mir ein Wochenende zur Unterstützung – wir können ja auch schön am Strand spazieren gehen –, werfe ich den Hörer auf die Gabel. Immer dasselbe Spiel: Judy muss man schonen. Judy hat Angst vor Menschen. Judy ist sensibel. Und was bin ich? Eine Verurteilte. Verurteilt dazu, die nette, stabile Tochter zu sein, mit der man im Luftschutzkeller auf den Tod gewartet hat. Das Baby, das man durch eine brennende Stadt getragen, das kranke Kind, für das man gehungert, geklaut und gebettelt hat, das Kind, das sich vor nichts zu fürchten scheint.

Diese Tochter kann man ja ruhig mal in die Verbannung schicken.

Verbannung? Bin ich in einem sibirischen Gulag oder in einer kleinen Pension an der Nordsee?

Es ist, wie es ist. Augen auf und durch. Richtspruch mit neun Buchstaben? Schicksal. Also weiter mit der Routine in der Puppenpension.

Guten Morgen, liebe Gäste.

Guten Morgen, Chefin.

Teatime, Mr. Bitterman. Und lassen Sie uns bald mal über Lilien sprechen.

Was darf ich mir erzählen lassen, was darf ich erzählen? Darf ich mit einem Kurgast spazieren gehen? Darf ich mich zum Essen einladen lassen? Mit wie viel Distanz muss ein so kleiner Betrieb geführt werden? Ein Abschiedsfest für die abreisenden Damen findet meine Mutter unpassend, auch wenn es mein Dank für ihre Hilfe ist. Was sollen die Gäste denken? Gibt es Kunden erster und zweiter Klasse? Pass auf, dass du die Pension nicht spaltest, Menschen sind eifersüchtige Wesen, verstehst du das?

Sie sind erwachsen!

Eifersucht ist keine Kinderkrankheit!

Meine Mutter hat recht, dennoch stelle ich einen alten Tapeziertisch auf die Terrasse, bedecke ihn mit einer weißen Tischdecke, stelle fünf Weingläser auf den Tisch, fünf Teller vom guten Geschirr und lege auf vier Teller eine gelbe Rose. Ich habe frisch geräucherten Aal gekauft, Makrele, Heilbutt und Lachs, Schwedenhappen, Meerrettich und Weißbrot. Die Butter ist eisgekühlt, das Baguette frisch und kross.

Meine Gäste heißen Anuschka, Käthe, Gila

und Heiderose, vier Rheinländerinnen. Anuschka war Zahnärztin, Gila Krankenschwester, Heiderose Kosmetikerin mit eigenem Salon, Käthe unterrichtete kaufmännisches Englisch und Buchhaltung an einer Berufsschule in Köln-Deutz. Sie trinken viel und schnell, und warum sie plötzlich über ihre toten Männer reden, weiß ich nicht.

Spendier noch ein Fläschken, Frau Pia!

Herzinfarkt. Schlaganfall. Krebs. Demenz. Sie beschreiben die Todesarten ihrer Männer, und es hört sich eher nach Befreiung als nach Trauer an. Sie beziehen doppelte Renten, reisen im Sommer an die Nordsee, verbringen den Winter auf den Kanaren, ihre Kinder sind erfolgreich, die Enkelkinder erwachsen. Meine Gäste sind gut gelaunte Witwen …

Hol noch ein Fläschken, Frau Pia!

… und während sie von einem befreiten Leben ohne Männer schwärmen, ich an die Trauer meiner Mutter denke und den Tod meines Vaters, lande ich langsam in einem kleinen Zimmer in Tübingen. Mörikestraße 8. Filip und ich, meine erste Liebe, unsere erste gemeinsame Wohnung. Kleine Fenster, schräge Wände, die Miete teilen wir. Filip studiert Kunst und Sport, ich arbeite in einer Buchhandlung und versuche, Kontakte zu Fernsehanstalten zu knüpfen. Wir sitzen auf dem blauen Sofa aus dem Möbelbunker. Auf dem Tisch stehen zwei gelbe Plastikteller mit Kartoffelbrei. Gestern gab es Schnitzel und heute Senf-Eier und morgen wieder Schnitzel, mehr konnten wir damals nicht.

Wir sitzen vor dem Fernsehapparat. Er ist klein, die Bilder sind schwarz-weiß. Seit drei Wochen sind wir gierig nach Nachrichten. Am 2. Juni 1967 ist Benno Ohnesorg erschossen worden. Aus anderthalb Metern Entfernung, auf der Flucht vor prügelnden Polizisten. Ein gezielter Schuss in den Kopf. Der Schütze heißt Kurras. Karl-Heinz. Notwehr. Angeblich. Während der Schah von Persien mit dem Bundespräsidenten Heinrich Lübke in der Deutschen Oper die »Zauberflöte« hört. Lange war Berlin für uns in Tübingen eine Stadt in weiter Ferne, seit dem 2. Juni ist sie sehr nah. Der Tag hat unsere Welt verändert. Ein Datum, ein Name und eine Straße werden für immer zu unserem Leben gehören. 2. Juni. Krumme Straße. Benno Ohnesorg. Kurras.

Drei Wochen später, es ist der 25. Juni 1967, warten wir vor dem kleinen Fernsehapparat auf den Beginn der ersten weltweit ausgestrahlten Live-Sendung. Our world. Sie wird in einunddreißig Länder übertragen. Mehr als vierhundert Millionen Menschen sitzen vor den Fernsehapparaten, zwei davon sind wir. Ich habe vergessen, welche Länder sich mit welchen Darbietungen um den ersten Platz bewarben. Ganz genau weiß ich aber, dass die Beatles für England ins Rennen geschickt wurden. Mit einem

Song, der extra für diesen Wettbewerb komponiert worden war.

There's nothing you can do that can't be done
Nothing you can sing that can't be sung
Nothing you can say but you can learn how to play the game
It's easy
There's nothing you can make that can't be made
No one you can save that can't be saved
Nothing you can do but you can learn how to be you in time
It's easy

Und dann der nicht enden wollende Refrain: *All you need is love.*

Wir sind begeistert. Das sind die Sieger. Wer sonst?

Beim zweiten *All you need …* klingelt es. Vor der Tür steht der Postbote. Er händigt mir ein Telegramm aus, den Empfang muss ich bestätigen. Wir haben kein Telefon. Kaum vorstellbar, muss aber so gewesen sein, sonst hätte meine Mutter angerufen, statt uns diese zwei Sätze zu schicken: *Vati tot. Sofort kommen.*

Wieso tot? Autounfall? Ermordet? Wo? Noch immer singen die Beatles: *All you need is love.*

Bis heute kann ich nicht beschreiben, wie sich mein Körper nach diesen Sätzen veränderte. Alles, was in mir ist – Nieren, Magen, Herz, Leber –, verlor seinen Halt. Ich bin hohl. Nur irgendetwas im Kopf weiß, was zu tun ist. Was im Prinzip zu tun ist, um dem Befehl im Telegramm zu folgen. Vati tot. Sofort kommen. Wir werfen planlos Sachen in den Koffer. Fahren die ganze Nacht. Haben das Radio an. Die Beatles sind Sieger geworden, Freudentaumel in England und Deutschland, der Song auf allen Kanälen, während wir Stunde um Stunde durch die Nacht über leere Straßen nach Norden rasen. Und immer noch und immer wieder: *All you need is love.* Vati tot. Sofort kommen.

Der private und der politische Tote gehören seitdem zu meinem Leben. Und die Beatles. *Love is all you need.*

Wir wechseln uns beim Fahren ab. Jeder sitzt hinterm Steuer, bis ihm die Augen zufallen.

Als wir ankommen, steht meine Mutter vor dem Haus. Entsetzt, verweint, durcheinander. Wir umarmen uns. Einen Moment zögert sie; sie hat Filip noch nie gesehen, dann lässt sie sich von ihm drücken. Meine Schwester hat sich hingelegt, auch sie war sofort losgefahren. Stück für Stück erfahren wir, was passiert ist. Mein Vater war nach Mallorca geflogen, um ein Haus zu kaufen, in dem sie Ferien machen konnten, so oft und so lange sie wollten. Uns Kindern hatten sie nichts erzählt. Es waren ihre Träume. Für uns sollte das Haus eine Überraschung sein. Der Kaufvertrag war aufgesetzt, er sollte am Nachmittag unterschrieben werden. Eine Stunde vor seinem Tod hatte er meiner Mutter am Telefon das Haus beschrieben: Im Osten der Insel. Am Rande einer kleinen Stadt. Heißt Cala Ratjada. Ein Garten wie eine Plantage mit Apfelsinen- und Zitronenbäumen. Er hatte geschwärmt: eine große Eingangshalle, ein offener Kamin, auf dem Boden rote Kacheln. Das Haus ist grün, wenn du willst, streichen wir es weiß oder gelb oder blau, es ist ein Traum. Und weißt du, was ich jetzt mache? Ich gehe zum Strand – nur zehn Minuten bis zum Meer –, schwimme eine Strecke, trockne in der Sonne, und dann unterschreibe ich den Kaufvertrag. Was sagst du? Sie lachte und sagte: Dit da dit dit. Im Morsealphabet der Buchstabe L, ihr Synonym für: Ich liebe dich.

Der Anruf kam gegen dreiundzwanzig Uhr. Warum so spät? Warum so viel Zeit zwischen Unfall und Anruf? Eine amtliche Stimme – Botschaft? Konsulat? – fragte meine Mutter nach ihrem Namen, ob ihr Mann sich in Spanien aufhalte und ob er Hans-Joachim heiße, er sagte: Joakim – da wurden ihr die Knie weich. Kein Verkehrsunfall, ein Badeunfall, wenn man das so sagen darf.

Ertrunken, schrie sie, das kann er nicht sein, mein Mann ist ein ausgezeichneter Schwimmer. Nein, sagte die Stimme, ertrinken ist auch nicht korrekt … er trieb auf den Wellen und rührte sich nicht. Das hatte der Mann ausgesagt, der am Strand lag und sich sonnte, ein Urlauber, ein Zeuge.

Sie war nicht in der Lage, irgendetwas zu fragen. Ein Mann am Strand, der sich sonnte? Wer war der Mann? Sie hörte der amtlichen Stimme zu und verstand nichts. Nur, dass ein Arzt die Leiche – die Stimme korrigierte sich –, den Toten untersucht habe. Er hatte wohl Wasser geschluckt, feiner Sand hatte die Kehle verstopft. Kein Ertrinkungstod. Ein Erstickungstod. Was meine Mutter gerade noch schaffte, war, die Telefonnummer des Zeugen aufzuschreiben, die man ihr zwecks Rückfragen durchgesagt hatte. Zwecks Rückfragen. Kalte Wörter. Kein Ertrinkungstod. Ein Erstickungstod. War das besser?

Ich hole den vier Damen, die morgen abreisen werden, so viel Wein, wie sie wollen. Ich freue mich über ihre gute Laune und darüber, wie gut ihnen alles schmeckt, was ich auf den Tisch gestellt habe – aber ich finde nicht zu ihnen zurück …

… ich sehe den Fetzen Papier vor mir, auf den meine Mutter die Telefonnummer des Unfallzeugens gekritzelt hatte. Sie hatte die letzte Seite aus einem Buch gerissen, das zufällig auf ihrem Schreibtisch gelegen haben muss. Zittrige Zahlen, aufgeweicht von ihren Tränen. Lesbar nur der Name des Zeugen: *Heinrich Kübler* und die Stadt: *Worms.* Wir haben immer wieder versucht, diese Nummer anzurufen. Vergeblich. Dann fanden wir heraus, dass meine Mutter in ihrer Panik die Zahlen vertauscht haben musste. Später hätte ich gerne gewusst, aus welchem Roman sie die letzte Seite gerissen hatte. Er endete mit dem Satz: *Gegen Mittag war die Insel am Horizont verschwunden, und vor uns lag der weite stille Ozean.*

Nun gab es in unserer Welt einen Toten. Wir waren neu in dieser Welt. Wir verstanden sie nicht, und wir glaubten sie auch nicht. Es war ein Irrtum. Musste ein Irrtum sein. Der Tote, der auf den Wellen trieb, war nicht unser Vater, konnte unser Vater nicht sein. Unser Vater ist ein ausgezeichneter Schwimmer. Unser Vater hat ein starkes Herz. Unser Vater ist nicht leichtsinnig. Unser Vater will ein Haus kaufen. Unser Vater will mit uns dort Urlaub machen. Ein Haus in Deutschland und ein Haus in Spanien – unser Vater hat Träume. Zwischen dieser verzweifelten Litanei profane Fragen: Das Geld! Wo ist das Geld? Er hatte so viel Geld bei sich! Zwischendurch auch Wut. Man geht doch nicht schwimmen, bevor man ein Haus kauft! Meine Mutter warf meiner Schwester ihr ständiges Schluchzen vor: Mein Mann ist tot, nicht deiner! Ich habe meinen Vater verloren, schrie Judy und schloss sich in ihr Zimmer ein. Verloren! Verloren! schrie meine Mutter, was ist denn das für ein Wort! Du kannst dein Portemonnaie verlieren, aber nicht deinen Vater.

In Filips Welt gibt es keinen toten Vater. Er weiß, was zu tun ist. Er telefoniert, organisiert, kümmert sich um Transportpapiere, einen Platz auf dem Friedhof, sucht mit mir und meiner Schwester einen Holzsarg aus, in den später der Zinksarg gelegt werden soll. Er erklärt uns, dass das Wort »Sarg« vom griechischen Sarkophagos stammt und Fleischfresser bedeutet. Filip hat Humor. Er steuert uns durch ein Meer von Schmerz und Absurditäten. Wie passt der große Schmerz zu den kleinen Bedürfnissen? Meine Mutter isst nichts, ich habe Hunger. Darf man Kuchen kaufen? Darf man Sahne schlagen? Was für ein lächerliches Geräusch inmitten eines Dramas. Darf man lachen? Nur weil es sich nicht schickt, fällt mir auf, wie oft es in diesen Tagen etwas zu lachen hätte geben können. Der Bestatter sitzt auf einem schwarzen Fahrrad. Er heißt Wurm. Wirklich: Willi W. Wurm. Pietät in der dritten Generation. Der Satz: Mama, wir müssen über Grabschmuck sprechen, der Wurm kommt um drei, darf seine Komik erst viel später entfalten. Meine Mutter weigert sich, über Särge zu sprechen. Der Schmerz ist zu groß für die Banalitäten einer Bestattung. Schlaf ist das Beste. Augen zu. Flüchten. Eine Reise machen in irgendeine Traumwelt, in der es keine Toten gibt. Der Schlaf ist ein Geschenk, ein besseres Schmerzmittel gibt es in keiner Apotheke. Ich bin süchtig nach Schlaf. Ich schlafe mittags und nachmittags. Eine

Flucht in Landschaften, in denen es keine Tränen und keine Kopfschmerzen gibt.

Auch ohne Trauer ist Aufwachen ein merkwürdiger Prozess. Aber in diesen Tagen wird das Aufwachen zur Vertreibung aus dem Paradies. Ein brutaler Übergang. Eben noch in einer Welt voller Geister, beim ersten wachen Atemzug noch Hoffnung, der Tod habe nicht stattgefunden, und beim zweiten Atemzug die ganze Wucht des neuen Tages, vollgestopft mit Fragen, denen man sich stellen muss, ob man will oder nicht.

Mein Vater liegt in einem Sarg aus Zink. Der Sarg steht in der Leichenhalle. Er ist verschweißt. Öffnen oder nicht öffnen? Meine Mutter will ihren toten Mann nicht sehen. Aber ich. Meine Schwester reagiert auf die Frage mit einem Heulkrampf. Ich bestehe darauf, den Sarg öffnen zu lassen. Der Bestatter stimmt mir zu. Meine Mutter sagt: Das Ding bleibt zu! Nie sagt sie Sarg. Er bleibt »das Ding«.

Mama, man muss doch wissen, wen sie uns geschickt haben.

Wen sie …? Was sagst du da?

Ihr Blick wie ein Blitz. Kürzer als eine Sekunde und länger als ein Roman. Sie starrt mich an. Was hat die Tochter für abartige Phantasien? Ein Fremder im Sarg? Ein leerer Sarg? Um Himmels willen – und was dann? Also öffnen, sage ich.

Nein! Nur über meine …

Wieder so ein Moment, wo man hätte lachen können. Ich versuche es noch einmal: Wer garantiert uns …

Sie bricht das Gespräch ab. Beginnt, das Haus zu putzen. Hält sich lieber am Staubsauger fest als an uns.

Das »Ding« bleibt zu.

In der Nacht vor der Beerdigung schleichen sich Filip und ich in die Trauerhalle. Filip, weil er einen Zinksarg sehen will, und ich, weil ich die Entfernung zu einem Vater nicht ertrage, der mich vor ein paar Wochen noch zum Zug gebracht hat und jetzt nicht mehr da ist. Der, mit einem karierten Taschentuch winkend, immer kleiner geworden ist. Solange er den Zug sehen kann, wird er: Komm wieder, Deern, murmeln. Wie ein Gebet. Eine Beschwörung. Er hat zu viele Menschen gekannt, die nicht wiedergekommen sind. Seine Eltern. Seinen Bruder. Kollegen. Kameraden. Mitschüler. Komm wieder, Deern, ist nicht die Bitte, möglichst nach Hause zu kommen, eher heißt es: Pass auf dich auf. Ich will noch einmal in seiner Nähe sein, so nah, wie es geht.

Der Friedhof ist nicht groß, die Trauerhalle steht gleich neben dem Eingang auf der rechten Seite. Ein mattes Außenlicht fällt auf die Eingangstür. Vorsichtig drücken wir die schwere Klinke nieder – die Tür ist offen. Wir kommen uns wie Einbrecher vor, und das sind wir auch. Wir brechen in die Einsamkeit eines Toten ein.

Wir gehen ein paar vorsichtige Schritte, zünden die dicken Kerzen an, die am Kopfende stehen. Alles, was wir tun, jede Bewegung, fühlt sich verboten an und ist es vielleicht auch. Wir flüstern uns zu, was meine Mutter sich zu denken geweigert hatte. Fragen, die einen verrückt machen können. Wenn im Sarg niemand liegt – wo ist dann mein Vater? Und wenn im Sarg jemand liegt, aber nicht mein Vater – wer dann? Und was ist in Spanien passiert? Und wer klärt das auf?

Filip sagt leise: Es soll Zinksärge mit Fenstern geben, durch die man das Gesicht des Toten sehen kann.

Die Vorstellung, ich könnte jetzt in das Totengesicht meines Vaters sehen, in die hellgrünen Augen, die ich so gerne geerbt hätte, ist unheimlich. Auf der anderen Seite gäbe es eine wie auch immer geartete Gewissheit, aber dieser Zinksarg hat kein Fenster.

Filip sagt: Vielleicht kannst du es fühlen …

Er verlässt die Trauerhalle. Die Kerzen brennen ruhig und still. Irgendwo brummt ein Aggregat. Ich lege beide Hände auf den Sarg und schließe die Augen. Ich bin nicht getauft worden, aber, lieber Gott, wenn du kannst, dann lass mich fühlen, ob in dieser kalten Kiste mein Vater liegt. Es muss doch zu spüren sein, irgendwie, ob im Sarg ein Fremder liegt.

Oder niemand. Ich streichele den Sarg, klopfe ängstlich auf den Deckel. Es klingt hohl.

Mein Vater starb mit fünfundvierzig Jahren. Er war voller Hass auf Gewalt und Autoritäten aus dem Krieg zurückgekommen. Er trat aus der Kirche aus, ließ seine Kinder nicht taufen. In seiner Umgebung würde nie wieder ein Mensch verfolgt werden, das schwor er sich. Er war ein reizbarer Vater, ungeduldig, ausgehungert nach Leben, und Leben war Liebe. Unsere kleine Familie hat diesen Hunger nicht stillen können. Von wie vielen seiner Seitensprünge meine Mutter wusste, kann ich nicht sagen. Die Stimme, die fünfzehn Minuten nach Mitternacht sagte: Ich heiße Klara König, Ihr Mann ist mein Vater, hat sie fast umgebracht. Es war die Stimme einer jungen Frau. So alt wie du, sagte sie damals, stell dir das vor: So alt wie du! Weißt du, was das heißt?

Er hat sie geschlagen, wenn sie ihn Lügner und Betrüger nannte, und uns auch, wenn er sich über uns ärgerte. Wir waren zu viel an Verantwortung, eine Entschuldigung ist das nicht. Wir hatten ihn nicht in den Krieg geschickt, und wir kannten nicht die Bilder, Gefühle und Ängste, mit denen er zurückgekehrt war. Wir wussten nicht, was er gehört, gesehen, was er getan hatte. Er wollte eine Frau, die zu Hause war, wenn er von der Arbeit kam. Die Wohnung sauber und gemütlich, das Essen vorbereitet.

Als meine Schwester vier wurde, wäre meine Mutter gerne arbeiten gegangen. Hilfsarbeit in irgendeiner Fabrik, egal, nur nicht den ganzen Tag wischen, putzen, kochen. Meine Schwester schrie eine Woche lang den Kindergarten zusammen, bis mein Vater sagte: Kinder gehören eben doch zur Mutter und eine Frau ins Haus. Aber seine Kinder durften so viel lernen, wie sie wollten. Allen, die lachten, weil es die Tochter eines Schuhvertreters »zum Film« zog, sagte er, was andere können, kann seine Tochter allemal und sogar besser.

Waren sie ein unglückliches Paar? Nicht immer, aber immer mal wieder. Sie haben auch viel miteinander gelacht. Sie haben sich Zettel geschickt, auf denen Morsezeichen standen. Sie hatten sich im Krieg kennengelernt, das wusste ich, beide waren Funker bei der Wehrmacht. Das geheime Zeichen ihrer Liebe war der zwölfte Buchstabe im Morsealphabet: L. Wenn alles gut war zwischen ihnen, kritzelten sie schnell in eine Schicht aus Staub oder eine Schicht aus Mehl vier Zeichen: Punkt, Strich, Punkt, Punkt. Kurz, lang, kurz, kurz: .-... So hupte mein Vater, wenn er eine Reise antrat, und so hupte er, wenn er zurückkehrte: dit da dit dit. Ich liebe dich. Auch im ausgerollten Kuchenteig habe ich dieses Zeichen gesehen.

Ich weiß nicht, wie lange mich Filip in der Trauerhalle allein gelassen hat. Irgendwann steht er neben mir, sieht mich fragend an. Und? Nein, keine Botschaft aus dem Sarg. Wir löschen die Kerzen. Meine Hände sind eiskalt. Am nächsten Tag gehen wir zum Friedhof und versenken einen Sarg. In den Frachtpapieren steht der Name meines Vaters. Meine Mutter übersteht die Trauerfeier mit weit geöffneten Augen. Sie sieht niemanden an und scheint kein Wort von dem zu hören, was ein Freund meines Vaters am Grab sagt. Sie hält es einfach nur aus. Lässt alles über sich ergehen. Ohne Tränen. Sie verlässt den Friedhof wie auf der Flucht. Kein Händeschütteln, bloß kein Mitleid. Kein Kaffee nach der Beerdigung, kein Kuchen, kein Ritual. Nachbarn, die sich nach der Beerdigung um sie kümmern wollen, weist sie schroff zurück. Hart wie Stein. Bloß keine Nähe.

In den ersten Monaten besuchten wir sie so oft wie möglich. Sie wusste nichts über den Teil des Alltags, den mein Vater erledigt hatte und den man Männersache nannte. Sie wusste nicht, wie viele Bankkonten wir hatten. Sie kannte das Codewort zum Sparbuch nicht. Sie hatte noch nie Geld abgehoben, noch nie Geld eingezahlt, keine Überweisung ausgefüllt. Sie entdeckte einen alten Dauerauftrag für Katja König. Sie hat den Anruf nie vergessen: Ihr Mann ist mein Vater. Er hatte einundzwanzig Jahre lang für ein Kind Alimente gezahlt, das er zur gleichen Zeit gezeugt haben musste wie mich.

Meine Mutter bekam Geld aus der Unfall- und der Lebensversicherung, vermietete ihr Haus für ein Jahr möbliert an eine Familie aus Bremerhaven, die den Bau ihres eigenen Hauses aus der Nähe überwachen wollte. Meine Mutter zog in eine teilmöblierte Dachwohnung und ließ sich in einer Karstadtfiliale an der Kasse anlernen. Sie wollte eigenes Geld verdienen, floh aus dem Haus, das sie mitgeplant und mitgebaut hatte. Sie brauchte eine Pause im Leben. Und wir? Fanden ihre Entscheidung vernünftig und halfen beim Auszug. Viel nahm sie nicht mit. Kleidung, ein bisschen Geschirr, Aktenordner, Schreibmaschine, Fotoalben, alles, was privat war. Sie ließ keine Puppe zurück. Einige saßen in der neuen Wohnung, wie sie es gewohnt waren, in Sesseln, auf dem Bett, in Regalen und auf Fensterbänken, die anderen wurden ins Koffer-Exil geschickt.

Sie hat ihre Zukunft ohne uns entschieden. Alles, was sie tat und plante, klang so überlegt, dass wir nicht auf die Idee kamen, es infrage zu stellen. Sie klammerte den Tod als Thema aus und damit die heikle Frage nach dem Zinksarg und dessen Inhalt. Statt miteinander zu weinen, vermieden wir Fragen nach ihrer Trauer, und sie fragte nicht, wie es uns ohne Vater ging. Jeder schützte seine Wunde, so gut er konnte.

Der Grabstein, den sie ohne uns ausgesucht hatte, backsteinrot, ungeschliffen, wie aus einem

Steinbruch gehauen, trug seinen Namen. Keine Daten. Nicht der Anfang seines Lebens, nicht das Ende. Was mich zu Tränen rührte, war das kleine Morsezeichen. Punkt. Strich. Punkt. Punkt. L wie Liebe. Der Buchstabe, mit dem ihre Liebe begonnen hatte.

Wie lange braucht der Tod, um sich in Träume zu schleichen? Die Tatsache, dass mein Vater in Spanien tödlich verunglückte, hat es in keinen Traum geschafft. Bis heute nicht. Stattdessen träumte ich viele Jahre von einem Haus auf Mallorca. Es ist grün und liegt am Rande einer kleinen Stadt. Im Garten stehen Zitronen- und Apfelsinenbäume. Ein Schatten streckt die Arme nach den Früchten aus. In der Eingangshalle des Hauses brennt Feuer in einem offenen Kamin. Ich sehe meinen Vater nicht in diesem Haus, aber eine Frau, die ich mal mit Juanita und mal mit Esmeralda anspreche. Sie gehört zu ihm. Er ist nicht tot, er hat nur ein anderes Leben begonnen. Er ist der Schatten zwischen den Obstbäumen. Ich sehe das Haus im Traum so deutlich, dass ich es gefunden hätte, wenn ich es gesucht hätte. *All you need is love.* In meinen Träumen ist er dort glücklich.

Irgendwann in dieser Urlaubs-Abschiedsnacht von den vier Damen muss ich eingeschlafen sein. Als ich aufwache, bin ich allein. Anuschka, Gila, Käthe und Heiderose haben meine Beine auf einen Stuhl gebettet und mich mit einer Decke zugedeckt. Der Tisch ist leer. Ich gehe in die Küche. Sie haben das Geschirr in die Spülmaschine geräumt, die Reste des Essens finde ich im Kühlschrank. Ich höre die Stimme meiner Mutter, als stünde sie neben mir. Wie peinlich! Du ruinierst den Ruf der Pension. Eine Orgie auf unserer Terrasse – und die Wirtin schläft ein!

Wie das passieren konnte? Ich weiß es nicht. In diesem Haus wohnen alte Geschichten, eine muss mich überfallen haben. Ich schaue auf die Uhr. Um Himmels willen – ich muss Tische decken, Kaffee kochen, Brötchen holen – ist das zu schaffen? Es muss. Ich gehe schnell am Spiegel vorbei – dem Gesicht, das er mir zeigen wird, möchte ich heute nicht begegnen.

Was für ein Vormittag!

Die Damen lächeln, frühstücken mit Genuss; der Wetterfrosch grinst, als wäre er in der Nacht dabei gewesen; aus dem Radio kommt »schöne Musik«, und als zwei Taxis vor der Tür halten, um meine Gäste abzuholen, muss ich heulen. Mein erster Abschied. Abstand wahren. Nähe ist keine Geschäftsgrundlage. Ich habe jetzt schon zum zweiten Mal gegen die wichtigste Regel verstoßen. Ob meine Mutter sie erfunden hat, um sich gegen die Wehmut zu schützen, die zu Abschieden gehört? Was bleibt mir an vertrauten Personen? Ich will Oma Ly besuchen. Mr. Bitterman ist mir eine Geschichte schuldig. Ich kann mit dem Wetterfrosch nun über Krimis reden.

Gästewechsel!

Ich stehe vor vier leeren Zimmern. Die Damen haben die Bettwäsche abgezogen, auf jedem Nachttisch liegen zehn Mark – Trinkgeld, das ich nicht verdient habe. Ich möchte im Krankenhaus anrufen und sagen: Mama, ich kann das nicht. Neue Gäste werden kommen, für die die Krankheit meiner Mutter nur noch eine Geschichte ist, kein Erlebnis, keine Aufregung, kein wackeliger Anfang mit der Tochter der Chefin. Das Liebespaar vom Dachboden zieht am nächsten Tag aus, Heinz und Jerome kommen im nächsten Jahr wieder, reservieren die Garage, bedauern, mich nicht kennengelernt zu haben. Vater Horst und das Nutella-Kind reisen in drei Tagen ab, die Schwestern Gisela und Helene Gewiese verlängern ihren Urlaub um zwei

Tage, dann werden auch in das Elternschlafzimmer neue Gäste einziehen. Alles wieder von vorne. Wer ist wer? Wer bleibt wie lange? Wer isst das Ei gerührt, gebacken, gekocht? Wer trinkt Kaffee mit Koffein, wer ohne? Wer will schwarzen Tee, wer grünen? Wer wünscht Schinken zum Frühstück, wer Käse? Welche Marmeladen werden bevorzugt? Himbeere, Erdbeere, Holunder? Die Brötchen mit Mohn oder Sesam? Graues oder schwarzes Brot? Wollen sie zum Frühstück Mozart hören, Roland Kaiser oder keine Musik? Ich fühle mich wie lebendig begraben unter einem Berg von Pflichten und Verantwortung. Mama, ich kann das nicht. Die vielen Leute. Die Begrüßungen, die Abschiede. Die immer gleichen Sätze: Herzlich willkommen in der Pension »Ebbe und Flut«. Guten Morgen ohne Sorgen. Auf Wiedersehen im nächsten Jahr. Alles Gute. Bleiben Sie gesund. Halten Sie durch, Sie machen das prima. Ach, ich weiß nicht … und dann das Wetter als ständiger Gesprächsstoff. Sie nehmen den Regen übel, als hätte ich ihn gemacht, und loben mich für schöne Sonnenuntergänge, klagen über Sonnenbrände, als hätte ich ihnen geraten, in der Sonne zu braten. Sie loben mich für die Farben des Himmels, diesen wunderbaren Nolde-Himmel, und jammern über den ewigen Wind, der an den Nerven zerrt und für Kopfschmerzen sorgt. Ich verteile Tabletten, aber den Wind kann ich nicht abstellen. Ja, ich weiß: Kommunikation mit den Gästen ist die Basis des Erfolgs.

Vier frei gewordene Zimmer müssen auf Hochglanz gebracht werden.

Esveranka, wir müssen waschen.

Wir müssen putzen.

Wir müssen bügeln.

Hilfst du?

Hilf gerne, sagt Esveranka, freu mich auf den Püppen in die Stüben.

Esveranka liebt deutsche Ordnung. Auch Putzen. Hätten die Damen die Betten nicht abgezogen, wäre das unsere erste Arbeit gewesen. Bettwäsche und Handtücher aus den Zimmern eins bis vier werfen wir auf den Flur. Fenster auf, Matratzen lüften. Wir haben alles, was man zum Saubermachen braucht, in einem Korb dabei. Putzmittel und Schwämme, Tücher, fusselfreie Geschirrhandtücher zum Trockenreiben der Fensterscheiben, Waschbecken und Armaturen. Effektives Saubermachen besteht aus der Vermeidung unnötiger Wege und Bewegungen. Alles mit System, nicht nach Lust und Eingebung, und jedes Zimmer nach der gleichen Methode. Esveranka stellt ihr Kofferradio auf den Flur, sucht bulgarische Schlager, dreht die Lautstärke hoch und zeigt mir, wie aus lästiger Arbeit eine lustvolle Tätigkeit wird.

Kuck du!

Ich lerne. Immer von oben nach unten. Mit der Zimmerdecke anfangen, mit dem Fußboden aufhören. Hängen Spinnweben an der Decke? Staubwedel holen, weg damit. Liegt Staub auf dem Kleiderschrank? Runterfegen. Nie Staub mit einem nassen Lappen wischen. Gibt schwarze Krümel, sagt Esveranka und verzieht das Gesicht. Wie tote Fliegen, wirst du nie wieder los. Von oben nach unten: Staub wischen auf den Bilderrahmen, auf dem Nachttisch. Staub wischen auf den Sessellehnen, dem Bettgestell. Spiegel polieren.

Kuck du!

Ich lerne versteckte Schmutzecken kennen. Am Bauch der Waschbecken bildet sich, wenn man nicht aufpasst, schnell eine graue, schmierige Schicht aus Seife, Schmutz und Wassertropfen. Wir putzen die Fenster, beziehen die Betten mit frischer, glatt gebügelter Wäsche, und als alles blinkt und strahlt, saugen wir die letzten Fussel vom Teppichboden. Esveranka hält es für einen deutschen Brauch, in die samtenen Sesselkissen einen scharfen Knick zu schlagen. Ein letzter Handschlag. Zimmer fertig und: tschüss.

Ein Tag, an dem vier Gäste ausziehen und am Abend vier neue Gäste einziehen, ist eine kleine Hölle.

Für Esveranka gehört zur fusselfreien Reinlichkeit eines Zimmers auch das Putzen der Puppen. Als hätte sie schmuddelige Kinder vor sich, kleidet sie die Puppen aus, macht aus Röcken, Blusen, Hosen und Schuhen einen kleinen Haufen Schmutzwäsche, den sie noch am selben Tag vorsichtig waschen und bügeln will. Sie setzt die Puppen auf den Flur neben die abgezogene Bettwäsche. Sie pustet ihnen den Staub aus den Haaren, wischt ihnen mit einem feuchten Lappen die Augen blank. Als wir mit den Zimmern fertig sind, klemmt sich Esveranka Kofferradio und Bettwäsche unter den Arm und geht tänzelnd mir voran zur Flurtreppe. Bevor wir die erste Stufe betreten, drehen wir uns, wie verabredet, noch einmal um. Da sehen wir, was wir hinterlassen haben. Sieben bleiche, nackte Puppenleiber auf einem schmalen Flur an eine weiße Wand gelehnt. Fünf Mädchen und zwei Buben. Die Jungen haben glatte, braune Haare, drei Mädchen haben blonde Zöpfe, zwei sind kahlköpfig. Ihre Augen sind auf die gegenüberliegende Wand gerichtet. Einsam. Verlassen. Verloren und verfroren. Esveranka sieht mich an.

Haben die Püppen Namen?

Weiß nicht. Glaub nicht. Nur die erste Puppe in der Sammlung heißt Elfi.

Sie stellt das Radio auf den Treppenabsatz, geht auf die Puppen zu, steckt sieben Mal feierlich den rechten Zeigefinger in den Mund, malt damit ein kleines Kreuz auf die Stirn jeder Puppe. Eine Taufe mit Spucke. Die blonden Mädchen heißen nun Galina, Hanka, Ineska, Aggi und Bogdana. Die Jungen Niko und Maksim. Eine Handlung mit großer Feierlichkeit. Eine in hohen Tönen klagende Frauenstimme aus dem scheppernden Transistorradio.

Bevor wir die Treppe hinabsteigen, sehen wir uns die getauften Geschöpfe noch einmal an. Esveranka sagt: Püppen frieren. Sie legt einen weißen Kissenbezug über die nackten Leiber und schafft damit ein neues Bild. Unsichtbare Puppen. Ihre angewinkelten Arme, die vorgestreckten Hände, ihre kleinen Füße drücken winzige Beulen in den weißen Bezug. Esveranka bekreuzigt sich.

Am Nachmittag bringen wir die Puppen zurück in die Zimmer. Wir betrachten den glänzenden Flur. Gegen das Bild in unserem Kopf gibt es kein Putzmittel.

Frau Conrady? Oma Ly?

Wie du willst, sagt sie, und ich entscheide mich für ihren Vornamen und nenne sie Emilya.

Sie hat es sich in der neutralen Ferienwohnung gemütlich gemacht. Blumen, viele Bücher, auf dem Sofa bunte Wollknäuel, Strick- und Häkelnadeln, zwei Teile eines Pullovers, der zusammengenäht werden muss, ein angefangener Schal.

Den Esstisch hat sie mit Zeitungspapier abgedeckt, auf das sie einen üppigen Haufen Krabben geschüttet hat und eine Schüssel für das Krabbenfleisch. Sie nennt mich ›mein Kind‹, weil, sagt sie, das Kind der Freundin, das man seit seiner Geburt kennt, fast wie ein eigenes Kind ist. Ich falle mit der Tür ins Haus.

Emilya, das Bild. Ich hab es gefunden.

Sie sieht mich an, greift zum Strickzeug und sagt, eine Geschichte ist wie ein langer Schal. Man erkennt seinen Wert erst, wenn man weiß, wie langsam er gewachsen ist. Sie legt die Nadeln beiseite und sagt, sie will jetzt erst einmal lernen, wie man Krabben aus dem Panzer holt, ohne sie zu zerreißen.

Also, pass auf! Du nimmst die Krabbe, hältst ihren Kopf zwischen Daumen und Zeigefinger der linken Hand. Vorsichtig! Nicht quetschen! Mit der anderen Hand greifst du dir das Hinterteil. Das drehst du jetzt, als hättest du eine empfindliche Seele zwischen den Fingern.

Sie zögert. Zieht langsam den Kopf vom Rumpf, nun steckt die Krabbe nur noch zur Hälfte in ihrem Panzer.

Jetzt zieh!

Sie zerreißt den kleinen Krabbenleib, aber Pulen kann man lernen, und wir haben noch mindestens zweihundert Krabben vor uns. Sie betrachtet das kleine Stückchen rosa Fleisch in ihrer Hand. Ohne Panzer, ohne die winzig-schwarzen Stielaugen, die fadendünnen Beine, den Kopf mit den langen Antennen ist das Tier nur noch ein kleiner, nackter Wurm.

Die erste Krabbe ist für dich!

Sie steckt sie nicht in den Mund. Sie legt sie vorsichtig in die Mitte der großen Schüssel. Ein einsamer Krümel Krabbenfleisch. Emilya sieht mich an.

Deine Mutter hat dich früher kleine Krabbe genannt.

Pul weiter, Emilya, sonst verhungern wir.

Ich suche ein besonders großes Exemplar aus, damit sie es beim zweiten Versuch leichter hat. Also: Kopf zwischen Daumen und Zeigefinger, nicht so fest, eine Krabbe ist doch keine Stricknadel …

Statt den Kopf vom Rumpf zu ziehen, sagt sie: Du warst ein sonderbares Geschöpf. Du hast den Schrei verweigert, mit dem das Leben zu beginnen hat. Klaps auf den Hintern, aber während mein Bernd wie am Spieß geschrien hat, bist du stumm geblieben. Ihr seid fast gleichzeitig zur Welt gekommen – keine drei Wochen zwischen seiner und deiner Geburt. Jedes Detail haben wir miteinander vergleichen. Bernd schlief, trank, schlief. Seine Augen waren klein wie die einer Maus – deine Augen waren groß und für einen Säugling viel zu lange offen, als müsstest du aufpassen, dürftest nichts versäumen und wüsstest schon, dass das Leben in dieser Zeit eine unsichere Sache war. Du warst ein unheimlicher Säugling. Hast du geweint? Ich kann mich nicht erinnern. Unterschiedlicher als ihr konnten Babys nicht sein. Bernd, den wir Bubi nannten, war ein Schreihals, dich nannten wir: das stumme Kind. Im Krieg geboren, ihr beide, kein halbes Jahr alt beim Hamburger Inferno und die Männer an der Front, irgendwo im Osten …

Warum sollte ich Pia heißen? Es gibt schönere Namen.

Wenn du um dein Leben rennen musst, hast du keine Muße, über hübsche Namen nachzudenken, da sind drei, vier schnelle Buchstaben angemessen. Pia und Bubi.

Sie zerrt an dem Krabbenkörper.

Drehen, Emilya! Nicht reißen! Vorsichtig die hintere Hälfte vom Fleisch lösen, erst danach vom Kopf.

Und was haben die zwischen den Beinen?

Scheiße, glaub ich.

Sie traut sich nicht. Sie zerreißt noch zehn Krabben, dann gibt sie auf und verspricht mir einen langen Winterschal, wenn ich das Pulen übernehme.

Vier bewegte Hände. Ihre, in denen lange Nadeln tanzen, und meine, die eine Krabbe nach der anderen aus den Panzern lösen. Der Abend wird lang und aus dem Schal ein Kleid. Ich werde es viele Winter tragen, jedes Mottenloch stopfen, und auch wenn mir niemand glauben und es keiner riechen wird: Für mich hatte Emilya zwischen die Maschen den Duft frischer Krabben gestrickt.

Eigenartig. Die Frau, die mir in der Ferienwohnung gegenübersitzt und mit einer Schnelligkeit strickt, als würde sie dafür bezahlt, kennt mich in einem Zustand, an den ich mich nie werde erinnern können.

Man müsste die Zeit vor- und zurückdrehen können wie eine Uhr. Vor allem zurück.

Und wo willst du landen?

In euren Kindertagen. Muss komisch sein, die eigenen Eltern als Kinder zu sehen.

Warum komisch?

Weil ich dann sehe, wie meine Mutter im Sandkasten buddelt oder zur Schule geht. Ein lustiges Mädchen, das Bilder malt und Flöte übt ... wie wart ihr mit acht Jahren?

Sie rechnet.

1931 waren wir acht Jahre alt. Stell dir die Zeit nicht lustig vor. Es gab sechs Millionen Arbeitslose und an jeder Ecke jeden Tag eine neue Pleite. Wir malten keine fröhlichen Bilder. Wir wussten schon mit acht, wie man Weltwirtschaftskrise schreibt.

Und wo könnte ich den beiden Mädchen begegnen?

In Altona. Unsere Eltern waren Nachbarn und selten zu Hause. Sie nahmen jede Arbeit an, die sich bot. Wir Kinder machten uns keine Sorgen, lebten aber mit den Sorgen der Eltern. Die Gespräche, die Spannungen, die Angst – auf der Straße prügelten sich die Nazis mit den Kommunisten. Es gab Tote. Wir sollten nach der Schule zu Hause bleiben – aber als Kinder hatten wir keine Angst. Wir streunten herum, neugierig wie junge Hunde. Unser liebstes Ziel war die Reeperbahn. Das Operettenhaus zog uns magisch an. Wir drückten uns die Nase am Eingang zum Hippodrom platt. Es hieß, hier ritten leichte Mädchen auf schnellen Pferden und: Klar mussten die Mädchen leicht sein, um von den Pferden getragen zu werden.

Emilya kann sich kaum noch vorstellen, wie sorglos sie beide sich als Kinder durch eine schlimme

Zeit bewegt hatten. Sie schlichen sich in die Herbertstraße, in der die Nutten in den Fenstern saßen, halb nackt, mit Lederstiefeln bis zum Hintern. Sie waren fasziniert vom Altonaer Bahnhof, wo Menschen mit großen Koffern in Züge kletterten und sonst wohin reisten. In den Wartehallen stießen gut gekleidete Reisende mit zerlumpten Schnaps-Gestalten zusammen. Bettler und Obdachlose schliefen auf Bänken oder auf dem Boden.

Die Eltern schimpften: Arme Menschen besichtigt man nicht wie Tiere im Zoo! Nachmittags werden Schularbeiten gemacht! Die Reeperbahn ist kein Spielplatz für Schulkinder! Es gibt Räuber und Zigeuner, die kleine Mädchen klauen!

Ich pule. Sie strickt. Und erzählt. Und pflanzt mir zwischen die Bilder vom Krieg, die ich aus dem Fernsehen kenne, zwei Frauen, Emily und Carla, und zwei Babys mit kurzen Namen: Pia und Bubi. Die Stumme und der Schreihals. Sie holt aus der Vergangenheit zwei Mütter hervor, die zwischen dem 24. Juli und dem 3. August 1943 die Operation Gomorrha überstanden. Zehn Tage und zehn Nächte, in denen hunderttausend Spreng- und Brandbomben über Hamburg abgeworfen wurden, sich Feuerwalzen mit der Stärke eines Orkans durch die Straßen wälzten. In einem Heer von vor Angst fast wahnsinnigen Menschen diese beiden Frauen, deren Sorge zwei kleinen Lebewesen galt. Im Luftschutzkeller betrachteten sie die Gesichter ihrer Kinder. Weich, glatt, neu in der Welt. Was nahmen diese kleinen Wesen wohl von der Hölle wahr? Was sahen sie, was hörten sie, was fühlten sie? Was rochen sie? Sie waren zu klein, um sich später zu erinnern. Nie würden sie erzählen können, was von diesem Inferno ihren Kinderwagen erreichte. Sie waren Augen- und Ohrenzeugen, würden aber niemals eine Feuerwalze beschreiben können, niemals erzählen, wie es sich anhört, wenn ein Haus ächzend zusammenbricht. Sie hatten verkohlte Leichen gerochen – würden sie diesen Geruch wiedererkennen, wenn er ihnen noch einmal begegnen sollte? Sehen, fühlen, riechen. Ihre Kinderwagen wurden nicht von Joggern geschoben, sondern von Frauen in Todesangst, das war ein anderer Antrieb und eine andere Geschwindigkeit. Carla und Emilya, die Freundinnen, betrachteten die Babygesichter und fragten sich, was aus den Winzlingen einmal werden würde. Irre? Heilige? Verbrecher? Krieger? Pyromanen? Helden? Würden sich diese Bilder in ihre Träume schleichen? Und wüssten sie dann, wovon sie träumen? Man muss den Kindern alles erzählen, beschlossen sie, alles, was sie gesehen haben, ohne zu wissen, was sie gesehen haben.

Ihr habt es nie erzählt.

Wann denn, sagt Emilya, Trümmerfrauen hatten weder Zeit noch Muße – und warum auch, wo doch alles vorbei war. Erinnern war wie das Aufreißen einer Wunde, und die kann nur heilen, wenn man sie in Ruhe lässt. Und schließlich: Hatten sie denn von ihren Eltern erfahren, wie das damals war in dem ersten großen Krieg, den man 14 / 18 nannte, der Krieg, in den die Frauen ihre Männer so begeistert hineingejubelt hatten? Na also.

Die Nadeln klappern, ich knacke Krabbenpanzer. Sie sagt: Mich wundert, dass ihr so normal geworden seid. Und ein paar Maschen weiter: Kennst du dieses Bild?

Sie zieht ihr Portemonnaie aus der Handtasche und hält mir, weil meine Hände verklebt sind, eine Fotografie vors Gesicht wie einen Spiegel. Ein kleines Bild. Schwarz-weiß, die Ränder gezackt. Zwei Kinder auf einer Dorfstraße. Sie halten sich an der Hand. Ein Junge und ein Mädchen, drei, vier Jahre alt vielleicht. Der Junge blond und pummelig, das Mädchen dünn, mit dunklen Zöpfen. Das bin ich. Ich habe kein Gefühl für die kleine Fremde auf diesem Bild, obwohl sie doch in mir steckt, obwohl ich mich aus ihr entwickelt habe. Die Kinder lachen, sie schauen auf den Menschen, der sie fotografiert.

Wer war das?

Irgendein Fotograf, der für Geld Kinder knipste.

Wo war das?

Irgendwo auf dem Lande.

Gab es dort Häuser? Menschen in Gärten?

Das Bild, das mir die Freundin meiner Mutter zeigt, ist so stumm, als wäre um uns herum kein Leben gewesen. Wie Ausgesetzte stehen wir auf der Straße und halten uns an den Händen. Und lachen. Vielleicht, weil wir noch nie fotografiert worden sind. Weil ein Krieg vorbei ist, von dem wir nichts mehr wissen. Hinter uns die öde Dorfstraße, die nicht zu enden scheint. Und ganz am Ende der Straße, verschwommen, ein Hund oder ein Huhn.

Was ist aus Bubi geworden?

Ein lieber Kerl mit zwei Kindern.

Was macht er?

Pflegt die Affen im Zoo. Für seine Kinder ist das der tollste Job, den ein Vater haben kann.

Ich möchte diese Ferienwohnung nie mehr vermieten. Ich möchte die Freundin meiner Mutter hier einsperren, sie soll Endlosschals stricken und alles erzählen, was sie an diesem Abend nicht erzählt, weil es ihr nicht wichtig ist, weil sie es vergessen hat oder weil es unsagbar ist oder mich nichts angeht.

Ich drehe noch einmal an der Zeit – wie wart ihr, als wir zehn Jahre alt waren?

Du meinst die fünfziger Jahre? Die waren fast schon wieder normal. Der Korea-Krieg weit weg, am Ende der Welt, hatte mit uns nichts zu tun. Unser Krieg war vorbei, Gott sei Dank. Bubi und du noch immer wie Pech und Schwefel, wir Frauen immer noch Freundinnen. Eine schöne Zeit. Man durfte wieder Wünsche haben. Ein eigenes Auto.

Am Wochenende Picknick im Wald auf einer Wiese mit Wolldecke, Koteletts, Kartoffelsalat und harten Eiern. In den Urlaub fahren mit dem eigenen Gebrauchtwagen. Man hätte nach Italien fahren können, in die Sonne, nach Mallorca fliegen – aber gleichzeitig fehlten Millionen Wohnungen, und weißt du: Man hatte das Leben als Untermieter gründlich satt. Und von der Zukunft träumen und kein Geld haben macht schlechte Laune. Wir wollten arbeiten, sagt Emilya, dazuverdienen; aber nur dort, wo Männer fehlten, suchte man Frauen.

Sie holt eine Flasche Wein aus dem Kühlschrank, schenkt mein Glas voll, sie trinkt Bier aus einem dicken Krug. Sie stellt Weißbrot und Butter auf den Tisch.

Als wir das Stellengesuch entdeckten, sagt Emilya, waren wir noch keine dreißig. Ihr wart knapp zehn und wie die meisten Kinder kleine Pendler zwischen Schule, Omas, Opas, Tanten und Onkeln.

Ich versuche, es mir vorzustellen: Sie bewarben sich und wurden genommen. Die Puppenmanufaktur bestand aus einer kleinen Halle und einem Büroflur im ersten Stockwerk. Hier saßen der Chef und seine Schreibkraft. Emilya und Carla wurden Arbeiterinnen mit einem Stundenlohn von 1,50 DM. Davon konnten sie sich eine Bockwurst mit Kartoffelsalat leisten. Für ein Paar Perlonstrümpfe mussten sie ihren Tageslohn opfern.

Auf dem kurzen Fließband zogen bleiche Gipsköpfe an ihnen vorbei, Rohlinge, in die sie Glasaugen drückten.

Ich versuche zu sehen, was Emilya erzählt.

In Gitterboxen wurde der Ausschuss gesammelt. Es gab eine Box mit kaputten Köpfen. Gerissen oder zersplittert. Es gab eine Box mit zerbrochenen Armen und Beinen und Füßen, denen Zehen fehlten. Es gab eine Box mit zerborstenen Leibern. Auch wenn der Krieg lange vorbei war, sagt Emilya, hatten kaputte Glieder noch immer Macht über unsere Phantasie. Am schlimmsten war der Karton mit den Augen, die gesprungen waren, Risse hatten, dumpf oder blind geworden waren. Solche Augen sollten aus keinem Puppenkopf gucken. Nehmt euch, was ihr brauchen könnt, sagte der Chef.

Auch die Augen?

So viel ihr wollt.

Wir haben die Augen unseren Kindern geschenkt, und ihr habt damit auf der Straße Murmeln gespielt.

Ich beginne an diesem Abend, die Leidenschaft meiner Mutter für Puppen zu verstehen. Die Leidenschaft begann in dieser Manufaktur. Meine Mutter rettete den Ausschuss. Sie nahm angebrochene Arme mit nach Hause, krumme Beine, verkratzte Körper, gesprungene Köpfe, blaue, grüne und braune Augen und baute aus den Einzelteilen versehrte Puppen.

Manche hatten unterschiedliche Augenfarben, braun und grün oder blau und schwarz, einige hatten zwei rechte Arme oder zwei linke Beine. Meine Mutter strickte, häkelte und nähte für diese Geschöpfe Röcke und Pullover, Kleider, Schuhe. Sie bastelte Hüte. Angezogen wirkten die Puppen wie kleine Menschen, die beschädigt aus dem Krieg zurückgekommen waren. Die Puppen hatten kahle Köpfe, sagt Emilya, und deine Mutter strickte ihnen weiche Mützen.

Eine traurige Leidenschaft!

Nein, sagt Emilya, deine Mutter hatte große Freude an der Erschaffung neuer Wesen aus alten Teilen. Sie rettete Leben. Keine Puppe war wie die andere.

Habe ich damit gespielt?

Du hast nie mit Puppen gespielt. Du warst ein Teddy-Kind.

Und Judy?

Weiß ich nicht. Kann sein, dass ihr die Puppen gar nicht als Spielzeug betrachtet habt. Sie gehörten zum Haushalt wie anderswo Briefmarken oder Sammeltassen. Oder kleine Geschwister.

Emilya begleitet ihre Erinnerungen mit leisem Nadelklappern.

Ich stelle mir meine Mutter als junge Arbeiterin vor. Die Haare unter einem Kopftuch. Wie sie am Fließband steht oder sitzt, ernst und konzentriert, heute blaue Augen in die Augenhöhlen kahler Puppenköpfe drückt, morgen braune und dann vielleicht zwei Tage lang die grünen aus der neuen Lieferung. Während der Arbeit wird nicht geredet, ihre Gedanken folgen der Melodie des vorbeiziehenden Fließbandes.

Schnell und geübt reiße ich den letzten Krabben den Panzer vom Leib. Dabei entsteht ein leises Knistern, ein unheimliches Geräusch zu den Bildern aus der Puppenfabrik.

Emilya hat das Stricken eines Schals mit dem Erzählen einer Geschichte verglichen. Er ist ein ganzes Stück länger geworden an diesem Abend, und ich denke, jetzt darf ich auch fragen, warum sie meiner Mutter dieses Bild geschenkt hat.

Sie legt den Schal beiseite. Sie sieht aus, als wäre sie wieder dort, wo meine Mutter diese Zeichnung entdeckt hat.

Es war auf dem Flur, der zum Büro des Chefs führte, sagt Emilya. An der weißen Wand hingen drei Bilder, vor denen deine Mutter sofort vergaß, was sie im Büro des Chefs eigentlich wollte. Sie stand dort, ging keinen Schritt weiter, versuchte zu begreifen, wie es Zeichnungen geben kann, die von ihren Gefühlen im Krieg mehr erzählen, als sie es je gekonnt hätte. Dass man Schmerz und Schrecken, Angst und Panik und das Gefühl, verloren zu sein, malen kann, wusste sie nicht. Da hatte jemand

Gefühle gezeichnet, für die es in ihrem Alltag keine Sprache gab.

Und dann?

Kam sie in die Halle zurück, in der wir unsere Stullen aßen. Sie gab nicht eher Ruhe, als bis ich ihr in den Flur des Chefs folgte. Sie war fest davon überzeugt, dass wir das Gesicht der Frau auf dem Bild, das »Schmerzhaft Ruhende« hieß und sie so faszinierte, schon einmal gesehen hatten. Damals, vor dem Krieg, als wir uns als Kinder im Bahnhof Altona herumtrieben … war da nicht manchmal eine Frau, die Gesichter in ihren Block zeichnete? Die, wie andere Menschen damals auch, einschliefen, weil sie keine Bleibe hatten. Manche auf alten Decken oder Rucksäcken, und sie, diese Frau, hatte die nicht an einem Tisch gesessen, den Kopf auf dem Zeichenblock, müde und hungrig wie die anderen, die sich kein Zimmer leisten konnten? Und hatte sie nicht einmal zu ihnen gesagt: Hallo, ihr zwei Süßen, und ein paar Striche auf ihren Block gemalt? Deine Mutter war ganz sicher: Die Bilder auf dem Flur waren von der Malerin, der wir als Kinder begegnet waren. Deine Mutter war besessen von diesem Bild, weil es gemalte Schrecken waren. Einsamkeit und Schmerz. Hoffnung und Resignation, Gefühle, für die wir keine Sprache hatten. Ich bin heimlich zum Chef, hab ihm erzählt, was passiert ist mit meiner Freundin und dem Bild, und ganz naiv gefragt, ob ich es kaufen könnte, schließlich hätte er ja noch zwei andere Bilder von derselben Malerin. Kann sein, dass ihn die Geschichte rührte, kann sein, dass er nicht viel Geld für die Bilder einer fast unbekannten armen Künstlerin ausgegeben hatte – er versprach es mir für einen Monatslohn. Ich legte jeden Groschen beiseite, lieh mir Geld von einem Onkel und wusste, dass dieses Bild und deine Mutter zusammengehören.

Warum versteckt sie es in der Schublade?

Sie versteckt es nicht. Sie schützt es dort.

Vor wem?

Vor den gleichgültigen Blicken der Gäste. Vor sich. Etwas, was du jeden Tag siehst, wird unsichtbar.

Kennt Bubi die Geschichte?

Nein.

Warum wurde sie uns nie erzählt?

Wann denn? Es gab keinen Anlass. Keine Zeit. Und keine Fragen.

Ich verabschiede mich gegen Mitternacht. Kein Anlass? Kann sein. Keine Zeit? Es gab Zeit genug. Keine Fragen? Haben sie denn auf unsere Fragen gewartet, vielleicht gehofft? Wie kann ich nach etwas fragen, was ich nicht weiß? Woher soll ich wissen, dass die Malerin Elfriede hieß? Wie hätte ich fragen können, warum meine Mutter ihre erste, aus Abfall zusammengeflickte Puppe, dieses ramponierte, entrückte Geschöpf mit der Sommersprosse auf der Nase, Elfi genannt hat?

Emilya hat an diesem Abend nicht gelernt, Krabben zu pulen, ohne sie zu zerreißen. Sie wird es nie lernen. Aber ich habe gelernt, dass fragen nur einfach ist, wenn ich wenigstens den Anfang einer Geschichte kenne. Jetzt kann ich weiterfragen, jetzt kann ich versuchen, mir zusammenreimen, was der Puppentick meiner Mutter mit dem Bild in ihrer Schublade zu tun hat.

1947, der Krieg war seit zwei Jahren zu Ende, entdeckte meine Mutter zufällig im Wartezimmer des Kinderarztes eine Zeitung, in der über den sogenannten Dresdner Ärzteprozess berichtet wurde. Dabei stolperte sie zunächst nur über ein Wort, das sie noch nie gehört hatte: »Ballastexistenzen«. Sie las, dass in der Euthanasieanstalt in Pirna-Sonnenstein in der Nähe von Dresden vierzehntausendsiebenhunderteinundfünfzig »Ballastexistenzen« vergast worden waren. Sie las, dass zu den ersten Ermordeten eine langjährige Insassin der Psychiatrie gehörte, Elfriede Lohse-Wächtler, eine Malerin, die viele Jahre lang sich und ihre Mitpatienten gezeichnet hatte. Der Name sagte meiner Mutter nichts, aber sie dachte sofort an die Frau, die vor dem Krieg im Bahnhof obdachlose Menschen gezeichnet hatte. In dem Bericht stand, dass diese Frau am 31. Juli 1940, mit vierzig Jahren, umgebracht worden ist. Da war sie schon halb verhungert, von ihren Eltern verlassen, verlassen von ihren Freunden. Diese Frau, las meine Mutter, hatte immer wieder sich und ihre Mitpatienten gezeichnet. Sie riss den Bericht aus der Zeitung und zeigte ihn ihrer Freundin Emilya. Und wenn die ermordete Malerin die Frau war, der sie als Kinder einmal begegnet waren?

Für die Benutzung des Wortes »Ballastexistenz«, mit dem ich als Schülerin zu Hause angeben wollte, hatte mich meine Mutter geohrfeigt. Ohne Erklärung.

Langsam kann ich sie mir vorstellen. Emilya und Carla. Im Krieg waren sie junge Mütter, die durch eine brennende Stadt gerannt waren und Todesangst kannten. Sie hatten verkohlte Leichen gesehen. Zehn Jahre später, am Fließband in der Puppenfabrik, waren sie junge Frauen, für die kaputte Köpfe und kaputte Augen mehr waren als schlechtes Material. Jetzt begreife ich langsam, warum meine Mutter, als sie das Bild der Malerin entdeckte, das Gefühl hatte, Teil eines unheimlichen Puzzles zu sein, zu dem zwei kleine Mädchen gehörten, die durch den Altonaer Bahnhof stromerten und eine müde, hungrige Frau entdeckten, die auf ihrem Skizzenblock schlief. Hallo, ihr zwei Süßen. Und warum zu dem Puzzle der Chef der Puppenfabrik gehörte, der in einer Ausstellung Bilder einer Malerin gekauft hatte, die er nicht kannte. Ein wohlhabender Mann. Er hätte die Miete für ihr Zimmer bezahlen können, die Farben zum Malen, das Essen.

Warum habt ihr uns nichts erzählt, hatte ich Emilya gefragt.

Ihr hättet das alles nicht verstanden.

Vielleicht ein bisschen.

Das wäre zu wenig gewesen.

Acht-eins-vierzehn-neunzehn. Mitten in der Nacht sitze ich im Büro meiner Mutter, öffne die Schublade, versuche, in dem Gesicht der »Schmerzhaft Ruhenden« zu sehen, was meine Mutter damals gesehen haben muss. ELW 1929. Als sie sich malte, war sie dreißig Jahre alt.

Der Kopf ruht auf einem Kissen. Der Mund ist leicht geöffnet. Er spricht nicht von Schmerzen, die Schmerzen haben ihn müde gemacht, erschöpft, ergeben. Ich stelle mir vor, an ihrem Bett zu sitzen, die Besucherin zu sein, auf die sie gewartet hat und die nicht kommen wird. Ich sehe ihr in die Augen, die ich mir grün vorstelle. Ein helles Grün. Sie bitten um Hilfe, scheinen aber an Hilfe nicht mehr zu glauben. Das ganze Gesicht sagt: Warum habt ihr mich allein gelassen? Die Stirn der Ruhenden ist niedrig, ohne Falten, die Haare vom langen Liegen zerdrückt. Verzweiflung ist auch eine Krankheit zum Tode. Trauer auch. Sie weint nicht. Nicht mehr. Aber ich, die ich sie anschaue, muss weinen, weil ich ihr nicht helfen kann und nie hätte helfen können. Das Gesicht gehört einer Frau, die zu zwei kleinen

Mädchen ›Hallo, ihr zwei Süßen‹ gesagt hatte. Die Frau, in deren Gesicht ich mich vertiefe, nimmt Abschied von der Welt und den Menschen. Wenn ich die Mappe jetzt zuschlage, lasse ich sie allein.

Ich könnte das Bild aus der Mappe nehmen. Ich könnte es rahmen lassen und ins Büro hängen.

Darf ich das?

Auf dem Weg zum Bäcker laufe ich jeden Morgen an den Häusern unserer Straße entlang. Spitzdächer und Walmdächer, rote und gelbe Klinker, gepflegte Vorgärten. Alle Familien, die hier einmal als junge Paare einzogen, hatten schnell begriffen, dass man mit Kurgästen Geld verdienen kann. Sie bauten die Dachböden aus, aus Schuppen und Garagen wurden Bungalows, aus Einfamilienhäusern Pensionen. Eine langweilige Straße. Auch unser Haus: solide, kleiner Vorgarten mit Rhododendronbüschen, ein angebauter Vorbau gegen den Wind. Man sieht diesen Häusern die vielen Geschichten nicht an, die die Sommergäste ihren Vermietern hinterlassen. Im Frühstücksraum meiner Mutter haben sich Kurgäste ineinander verliebt und kamen im Jahr darauf als Ehepaar zurück. Das Geheimnis ihres Erfolgs sind die Einzelzimmer. Hotels sind voller Paare, hatte mir meine Mutter erklärt, und Paare freunden sich mit Paaren an – gegen Singles sind sie abweisend wie die Mauer von China. So wurde der Frühstücksraum zur Begegnungsstätte. Absicht? Zufall? Glück?

Auch Dramen haben sich in unserer Pension abgespielt. Die Geschichte, die niemand vergisst, der dabei war, heißt bis heute: »Der Möwenmann«. Er kam viele Jahre, und alle wussten, wie sehr er sich ein Ende in der Pension meiner Mutter wünschte. Er war fast neunzig, und es war ihm egal, in welcher Verkleidung der Tod ihn in die Arme nehmen würde. Als kräftige Welle, als reißende Strömung im Priel, er hätte sich auch von einer grauen Nebelwand im Wattenmeer in den Tod führen lassen – aber dann kam der Tod als Herzinfarkt in der Nacht. Die Gäste waren fast ein wenig neidisch. Was für ein Ende! So sanft, so schön. Abends noch am Meer, mit den Bildern eines glutroten Sonnenuntergangs ins Bett gegangen und hinübergeglitten – wohin auch immer.

Dieser Tote war das Thema jenes Sommers, und vergessen wurde der Mann so lange nicht, wie es Menschen gab, die ihn kennengelernt hatten: Haus 2, Zimmer 1. Kaspar Nolde. Er war ein stiller, zufriedener Mensch, nicht verwandt mit dem Maler. Er kam im Frühling mit den ersten Stürmen, er kam im Sommer, und er liebte den weißen Winter am Meer in der Pension »Ebbe und Flut«.

Kaspar Nolde konnte die Mantelmöwe von der Heringsmöwe unterscheiden, die Eis- von der Sturmmöwe, die Schwarz- von der Lachmöwe; sein Lieblingsvogel war die Silbermöwe. Er verachtete

Menschen, die behaupteten, Möwen seien dreiste, verfressene Vögel, die es nur darauf abgesehen hätten, Touristen die Fischbrötchen aus der Hand zu reißen.

Er verstand nicht nur die Sprache der Silbermöwe, er sprach sie auch. Wenn man ihn darum bat, stieß er beim Frühstück ein helles, gellendes Kiu-kiau aus, was Erregung signalisierte oder auch Alarm. War der Ruf lang gezogen und klagend, handelte es sich um Begierde und Wollust. Silbermöwen konnten jauchzen und bellen und miauen wie eine frustrierte Hauskatze. Die Gäste lachten. Ach, Herr Nolde, machen Sie doch noch mal ... Sie wissen schon. Der Gast meiner Mutter war immun gegen den sanften Spott der Gäste. Er las die Spuren der Silbermöwen im Wattenmeer und verglich ihre wirr über- und durcheinander verlaufenden Spuren mit den Schnittmusterbögen seiner Mutter.

In der Pension »Ebbe und Flut« war der Wunsch des Möwenmannes, in seiner geliebten Landschaft zu sterben, in Erfüllung gegangen. Er kam nicht zum Frühstück, und meine Mutter wusste, was zu tun war. Alarm. Polizei. Notarzt. Wie weinen junge Silbermöwen? Alle, die ihn kannten, wussten es: Tschi-li-li.

Auch ich bekomme neue Gäste. Den Dachboden bezieht ein junges Paar, das nicht frühstücken und sein Zimmer selbst in Ordnung halten will. Dennoch steige ich nach ein paar Tagen die Bodentreppe hoch und sage ihnen am Abend, dass ich ein Leben mit wenig Geld verstehe, Brot, Wurst Käse und Marmelade im Kleiderschrank aber nicht dulden kann. Ich biete ihnen den Gästekühlschrank im Keller und zwei Plätze im Frühstücksraum an. Ohne Aufpreis. Sie bedanken sich für das Angebot, nehmen es aber nicht an.

In die Garage zieht ein schwules Pärchen, Achim und Klaus-Dieter, Freunde von Heinz und Jerome. Die neuen Mieter der frei gewordenen Einzelzimmer im Haus 2 sind ein schnarchendes Ehepaar, das die Nächte getrennt verbringt, und eine freundliche alte Dame (Kaffee ohne Milch und Zucker, zwei Croissants, Butter, Erdbeerkonfitüre), deren Mann in einer Kurklinik seine Lungenentzündung auskuriert. Zimmer 4 bezieht ein junger Mann aus Bielefeld mit gepflegten Haaren, halb lang, die Spitzen leicht nach außen geföhnt. Er hat einen weinerlichen Mund und eine hohe Stimme. Ins Leben geschickt, als der liebe Gott keine Lust oder keine Kraft mehr hatte, Schönheit und Charme zu verteilen. Er heißt Daniel von der Osten, wobei das O nicht kurz, das ist ihm wichtig, sondern lang gesprochen wird. Herr von der Oooosten wünscht zwischen acht und halb neun zu frühstücken.

Der Wetterfrosch sitzt schon am Tisch, das getrennt schlafende Ehepaar trinkt grünen Tee mit Honig, der junge Herr von der Osten nickt in die Runde und gibt mir mit einer kleinen Drehung von Zeigefinger und Daumen zu verstehen, dass ich die Musik im Frühstückszimmer ausstellen möge. Ich sehe ihn an, hole tief Luft – aber da ist Gunnar Jannson schon aufgestanden, dreht den flotten Schlager ein wenig leiser, lässt aber das Radio an. Es hätte weiter nichts passieren müssen, der neue Gast ist jetzt schon mein Feind. Ich nehme die Bestellung auf. Eine Scheibe Schwarzbrot, ein Mohnbrötchen, Butter, Käse, Schinken und das Ei'chen: nicht zu weich und nicht zu hart. Ich sage, dass ein Ei extra berechnet wird, also nicht im Frühstückspreis enthalten sei. Er schüttelt den Kopf, schnalzt mit der Zunge, als habe er ein ungezogenes Kind vor sich. Das gäbe es nirgendwo, sagt er mit dieser hohen Kinderstimme, ein Ei'chen gehöre zum Frühstück wie die Butter aufs Brot. Ich sage, ich sei nicht die Chefin, meine Mutter habe die Preise gemacht, ein Ei koste fünfzig Pfennig extra. Er widerspricht. Nein, ein Ei'chen gehöre zum Frühstück und selbiges sei ohne Aufpreis zu servieren!

Der Konjunktiv 1, verbunden mit dem Imperativ – jetzt nicht »Arschloch« sagen! Keine Eskalation. Der Gast hat recht, auch wenn er im Unrecht ist. Der Wetterfrosch schmunzelt. Die übrigen Gäste essen langsam weiter, den Blick auf den Tisch geheftet, die Aufmerksamkeit aber ganz bei mir, dem Herrn von der Osten und seinem Ei'chen. Lieber Gott, schenk mir einen witzigen, tödlichen Satz, mit dem ich diesen Schnösel in den Boden stampfen kann.

Wenn es nur um ein Ei ginge, das fünfzig Pfennig kostet – aber es geht ums Prinzip. Ihm. Und mir. Und um die Ehre meiner Mutter. Um Tonfall und Wortwahl: *Selbiges sei zu servieren.* Ich sehe, was der Wetterfrosch denkt: Gute Szene. Aber in welchem Stück? In einem Drama? Einer Klamotte? Wie hätte meine Mutter reagiert? Mit ihr hätte er das Spiel nicht gespielt. Bevor ich sagen kann: Heute ist das Ei'chen ein Geschenk des Hauses, sagt Gunnar Jannson, als seien wir eine Runde von Skatbrüdern: Alle Ei'chen gehen heut' auf mich, die gekochten, gerührten und gebratenen. Alle lachen. Ich nicht.

Am späten Vormittag, die Kurgäste sind am Strand, heule ich meiner Mutter das ganze Elend durchs Telefon, frage, ob man Gäste rausschmeißen darf, was das für Folgen hat, und erwarte eine Standpauke. Nichts. Stille.

Mama, bist du noch da?

Leises Knistern in der Leitung. Sie sagt so lange nichts, bis ich das Unverständnis, das in diesem Schweigen liegt, verstanden habe. Ich habe die elementarste Regel verletzt: Der Kunde ist König.

Nein, Mama, der Kunde ist ein Idiot.

Am späten Vormittag gerate ich mit diesem Gast erneut aneinander. Er sagt, ich möge so freundlich sein, ihm einen Strandkorb zu reservieren. Ich sage, für Reservierungen sei ich nicht zuständig, Strandkörbe gäbe es am Strand bei den Wächtern der Körbe. Er verlässt beleidigt das Haus, und ich gehe die Zimmer putzen.

In seinem Zimmer erwarte ich eine spießige Ordnung. Stattdessen: Chaos. Es gibt einen Kleiderschrank mit vielen Bügeln, von denen er keinen benutzt. Schwarze T-Shirts, schwarze Pullover, weiße Hosen hängen aus dem Koffer wie kurz angehoben und kraftlos wieder fallen gelassen. Ich versuche, das Zimmer mit den Augen meiner Mutter zu sehen. Was würde es ihr verraten? Ein Gast, der nicht ankommen will? Das Kopfkissen liegt vor dem Bett, er hat es nicht benutzt. Neben einem Röhrchen Aspirin liegt Hölderlins »Hyperion« auf dem Nachttisch. Wenn Zimmer wie Bücher sind – was gibt es hier zu lesen? Das Zimmer riecht nach Eau de Toilette, frisch, nicht unangenehm.

Aggi und Maksim, das Mädchen mit den blonden Zöpfen und der Junge mit den braunen Fransen – er hat die Puppen in den Schrank verbannt. Hier ist einer eingezogen, der keine Puppen mag, aber was bedeutet das? Ich putze das Waschbecken, poliere den Spiegel, mache sein Bett, nehme

Aggi und Maksim aus dem Schrank und setze sie auf die Fensterbank im Flur. Ein letzter Blick ins Zimmer. Es ist sauber. Ich schließe ab. Ich habe meine Pflicht getan.

Am nächsten Morgen erscheint der Gast aus Zimmer 4 nicht zum Frühstück. Niemand hat ihn gesehen, niemand gehört. Er hat sich davongeschlichen und den Gästen ein Thema hinterlassen, das sie jeden Morgen erneut miteinander verbindet. Gelächter nach jedem Satz, in dem ein Ei vorkommt.

Mich hat der Mann betrogen. Er hat fünf Übernachtungen gebucht und auf den Tisch nur das Geld für eine Nacht und ein Frühstück ohne Ei gelegt. Nie wieder möchte ich an diesen Mann denken – und sehe doch immer, wenn ich Zimmer 4 betrete, seinen offenen Koffer vor mir. Hemden, Hosen, Strümpfe, als hätten sie Angst gehabt, den Koffer zu verlassen.

Alle Gespräche mit meiner Mutter, ob im Krankenhaus oder am Telefon, enden mit dem Satz, der mehr ein Befehl als eine Bitte ist: Ich will hier raus, sprich mit dem Arzt.

Hab ich.

Und?

Keine schnelle Entlassung.

Ich kann machen, was ich will – oder?

Kannst du.

Und weiter?

Bisher ist es mir gelungen, nicht einfach zu sagen, was ich denke: Komm zurück! Lieber heute als morgen. Ich will zu meinen Freunden in die Stadt. Ich kann an der Nordsee über eine Pension an der Nordsee schreiben, aber nicht über eine Obdachlose in der Stadt!

Ich habe zwei Verbündete, die meine Mutter vor ihrem Leichtsinn schützen: Mr. Bitterman und Oma Ly. Und wer steht mir bei? Ich muss im Sender anrufen und der Redakteurin sagen, dass ich in absehbarer Zeit kein Drehbuch schreiben kann, weil meine Tage und Wochen von den Bedürfnissen der

Kurgäste aufgefressen werden. Dann wird sie sauer sein und mir nie wieder einen Auftrag geben.

Ich kenne drei Methoden, die Angst vor solchen Anrufen zu überwinden. Die erste heißt Vogel Strauß: den Anruf verschieben. Verdrängen. Vergessen. Ergebnis: schlechte Laune, Magenschmerzen. Methode zwei: Flucht nach vorn. Nicht grübeln. Anlauf nehmen, zum Hörer greifen, Nummer wählen, reden. Methode drei, die Angst zu vertreiben besteht darin, die unangenehme Situation als Spiel zu begreifen. Eine kleine Szene in einem Film, weiter nichts. Ich entscheide mich für Methode zwei und gehe mit energischen Schritten zum Telefon, wähle die Nummer der Redakteurin und sage schnell: Hallo Ute, hier ist Pia, es wird so bald kein Exposé über DieEdith geben.

Was ist passiert?

Ich schildere die Situation: ein Dorf am Meer. Eine Pension ohne Führung. Mutter mit Schlaganfall im Krankenhaus. Länge des Aufenthalts: nicht abzusehen. Tochter als Pensionswirtin: Fehlbesetzung. Zwei Häuser und in allen Zimmern Puppen mit Blessuren. Kurgäste, die in Badelatschen zum Frühstück kommen. Ein promovierter Wetterfrosch, der Krimis rückwärtsschreibt. Ein Mr. Bitterman, der sich mit filmreifen Sätzen zum Frühstück bitten lässt und zu meiner kranken Mutter ich-weiß-nicht-was-für-eine Beziehung hat. Ich rede wie aufgezogen. Ein Liebespaar auf dem Dachboden, das sein Frühstück im Schrank versteckt. Willst du mehr wissen? Bizarre Dialoge um ein kostenloses Frühstücksei und das Bild einer Malerin, über das ich weinen muss. Ein schwules Pärchen in der Garage: Achim und Klaus-Dieter, Freunde von Heinz und Jerome.

Wir nennen diese Redakteurin Ute, die Gute. Sie ist geduldig. Sie ist freundlich. Sie hört zu. Sie ist im Sender so selten wie Bernstein am Strand.

Ach, Ute, was nun?

Aufgehoben ist nicht aufgeschoben, sagt sie, und über ein Drehbuch nachzudenken, das in einer Pension spielt, die von einer überforderten Frau geführt wird, mit kauzigen Menschen, sozusagen eine kleine Schule des Lebens … Sie denkt laut nach: Du hast eine Protagonistin und Antagonisten im Überfluss. Sie sagt: Kein Stress, meine Liebe. Schreib Tagebuch, schick mir deine Notizen, und dann sehen wir weiter.

Ach, Ute, du bist die Beste! Sie lacht: Und gleich danach kommst du!

So können gute Worte einen ganzen Tag retten.

Aber mehr auch nicht. Meine Mutter bleibt im Krankenhaus und ich an die Pension gefesselt.

Am Nachmittag fragt Herr Bittermann, ob mir ein gemeinsamer Spaziergang an einem der nächsten Abende recht wäre.

Yes, Sir.

Gegen zweiundzwanzig Uhr?

Yes, Sir.

Zehn Uhr abends ist eine merkwürdige Zeit, aber es ist die Einladung, ein Spiel zu verstehen, das ich endlich kennenlernen will, weil ich längst dazugehöre. Es geht um eine weiße Lilie im Keller und eine weiße Lilie in einem Krankenzimmer. Dazwischen ist viel Platz für Phantasie.

An diesem Abend gehe ich zum Schlafen nicht ins Bett. Ich lege mich in den Liegestuhl und starre in den Himmel, bis mir schwindlig wird. Ich stelle mir vor, ein kleiner Stern zwischen den Millionen Sternen der Milchstraße zu sein. Nicht alleine, aber einsam. Wie ich in der Pension: nicht alleine, aber einsam. Die Eule gleitet lautlos über die Felder und kehrt mit einer fiependen Maus zwischen den Krallen zurück. Ich schlafe ein, wache auf, schlafe wieder ein, spüre oder träume einen zarten Luftzug, der mir von langen Schwingen über das Gesicht gefächert wird.

Am nächsten Tag bestelle ich in der Dorfbuchhandlung einen Krimi von Gunnar Jannson. Ich entscheide mich für seinen zweiten Roman, der »Marcel« heißt, weil ich denke, ein zweites Buch ist besser als ein Erstling.

Auf den Tagesablauf der meisten Gäste kann ich mich verlassen. Sie ziehen sich nach dem Frühstück in die Zimmer zurück, packen Badeanzüge, Handtücher und Sonnencremes ein, wandern zum Strand, fahren mit dem Schiff zu den Seehundbänken, lassen sich die Geheimnisse des Wattenmeeres erklären oder besuchen das Kurkonzert am Vormittag. Nachmittags ruhen sie sich auf den Zimmern aus, die Abende verbringen sie in einem der vielen Lokale, in denen Fisch auf der Speisekarte steht: geräuchert, gebraten, gedünstet, gekocht.

Es gibt zwei Menschen, auf deren An- und Abwesenheit ich mich nicht einstellen kann. Jons Bittermann und Gunnar Jannson. Der Freund meiner Mutter verbringt die Mittage meistens, aber nicht immer, im Krankenhaus, kommt manchmal, aber nicht regelmäßig, gegen am Nachmittag zurück, schläft, döst, liest, verlässt das Haus, aber nicht immer, zu langen Spaziergängen oder bleibt, leider viel zu selten, im Keller und hört Klaviermusik. Ich liebe diese Stunden. Sie geben mir das Gefühl, jemand sitzt an einem Flügel und spielt nur für mich.

Gunnar Jannson verlässt sein Zimmer manchmal direkt nach dem Frühstück, arbeitet oft auch bis mittags, das erspart mir das Putzen. Er reibt das Waschbecken blank und macht das Bett – den Fußboden überlässt er mir, weil er nicht weiß, wo der Staubsauger steht. Er hat seinen Urlaub um die Tage verlängert, die das Zimmer noch nicht wieder belegt ist, behauptet, er habe eine extrem gute Arbeitsphase und lächelt jetzt anders, als mich andere Kurgäste anlächeln. Zwar sitzt da morgens noch immer der Mann mit dem grauen Dreitagebart, zwar serviere ich ihm jeden Morgen Eier im Glas und Milchkaffee, nur dass aus der Serviceleistung ein Spiel geworden ist. Er lobt das Frühstück und meint mich. Ich flirte mit den Gästen und meine ihn. Verliebt bin ich nicht, nur neugierig.

An einem Tag, an dem er sagt, er käme erst am frühen Abend zurück, betrete ich sein Zimmer mit dem forschenden Blick meiner Mutter.

Das schmale Bett an der Wand. Der Tisch am Fenster. Sessel und Stehlampe. Auf dem Boden Auslegware, beige-braun, pflegeleicht. Er hat nichts verändert, nichts verschoben, nichts umgestellt. Warum leistet er sich kein Hotel, keine Ferienwohnung mit Küche und Bad und üppigem Frühstücksbuffet? Wer gute Weine kauft und teure Seidenhemden trägt, ist nicht arm. Warum zieht es einen wie ihn immer wieder in ein so kleines, schlichtes Zimmer?

Der Charme von Nummer 5 ist das große Dachfenster. Am Tisch oder im Sessel sitzend, hat man den Eindruck, in einem Baumhaus zu leben. Ich habe in diesem Zimmer nie gewohnt, kenne es nur vom Putzen, stelle mir aber vor, dass man sich vom Bett aus auf die Wolkenbänke phantasieren und sich von ihnen übers Meer tragen lassen kann. Nachts könnte man Teil des hohen Himmels werden und zwischen den Sternen begreifen, wie klein und kostbar das Erdenleben ist.

Man schaut nicht unter die Bettdecken der Gäste, das weiß ich wohl, aber kurzes Aufschütteln ist nicht verboten. Er schläft im schwarzen T-Shirt. Ich rieche an seiner Seife, eine Mischung aus Tabak und Zitrone. Er putzt seine Zähne mit Zahnsalz. Im Bücherregal stehen Romane, die andere Gäste zurückgelassen haben. Ein zerlesener Schwedenkrimi, ein Band mit Erzählungen von Theodor Storm, zwei Bände Konsalik und Vicki Baums »Menschen im Hotel«, in dem der erste Satz rot unterstrichen wurde, von wem und warum auch immer: *Als der Portier aus der Telefonzelle 7 herauskam, war er ein wenig weiß um die Nase herum …* Gunnar Jannson hat seine eigenen Bücher dazugestellt: einen Stadtführer durch Lissabon. Das Buch eines Historikers über Paderborn, die Untersuchung einer Wissenschaftlerin, die Bennefeld-Kersten heißt: Ursachen und Hintergründe versuchter und vollzogener Suizide im Gefängnis unter dem Aspekt der Vulnerabilität. Vulnerabilität, erfahre ich aus dem Lexikon, bedeutet Verletzlichkeit oder Verletzbarkeit. Arbeitet er an einem Krimi, der mit dem Lebensende eines Menschen beginnt und den Leser nach Bielefeld und Lissabon führt?

Auch in diesem Zimmer hat meine Mutter natürlich zwei Puppen untergebracht. Im Bücherregal sitzt ein einbeiniger Junge im Matrosenanzug, auf dem Sofakissen liegt ein unförmiges Dickerchen mit braunen Locken und einer Schramme im Gesicht, das geduldig an die Decke starrt.

Auf dem Tisch steht eine klapprige Reiseschreibmaschine mit einem eingespannten Blatt Papier. Darf ich lesen, was er geschrieben hat? Es ist sein Zimmer, aber kann man Sätze, die in einer Schreibmaschine stecken, ungelesen lassen? Ich nicht.

Als sich die Tür hinter ihm schloss, leiser, als er sich das vorgestellt hatte, blieb er stehen. Mit dem Rücken zur Tür, vor sich das Fenster, zu hoch, als dass er hätte in den Hof schauen können. Eine Einzelzelle. Karg. Ein Bett, ein Tisch, ein Stuhl. Er hörte ein Geräusch. War er hier nicht allein? Er drehte sich um und

Wer oder was kann hinter einem Gefangenen, der mit dem Rücken zur Tür steht, ein Geräusch machen? Wer oder was hatte Gunnar Jannson daran gehindert, den Satz zu Ende zu schreiben? Ich habe die Hände schon über den Tasten, habe Lust, den Satz zu vollenden, und ziehe sie so schnell zurück, als hätte mir ein unsichtbarer Zensor gerade noch rechtzeitig auf die Finger gehauen.

Um die Schreibmaschine herum liegt ein Teppich bunter, eng beschriebener Zettel. Seine Schrift ist klein, als wären Zettel Mangelware. Ich entziffere Wörter und Sätze, hinter die er Ausrufe- und Fragezeichen gesetzt hatte. *Alter des Jungen? Beruf der Eltern? Guter Schüler? Einzelgänger!* Es gibt eine Notiz mit Männernamen. Miguel, Stavros und Lars sind mit einem Sternchen versehen, hinter Miguel steht ein Ausrufezeichen. Die Geschichte beginnt also, wie alle seine Bücher, im Gefängnis. Heißt der Held Miguel?

In den Büchern der Gäste zu blättern scheint mir erlaubt – aber gilt das auch für Notizen? Auf dem Nachttisch liegt ein liniertes Schreibheft, wie es Schulkinder benutzen. Ich merke mir seine Lage: nah am Bett, näher am unteren Rand des Nachttisches als in der Mitte. Er hat auf die erste Seite Reihenhäuser skizziert. In die Vorgärten Strichmännchen gesetzt, Blumen, Bäume, ein Kind auf der Schaukel, vermutlich ein Junge. Ich erkenne zwei Hunde und am Himmel eine Sonne, wie sie Kinder malen. Da Gunnar Jannson seine Krimis vom Ende her erzählt, könnte aus dem Jungen der Mörder werden. Unheimliche Vorstellung, dass das Kind auf der Schaukel so wenig von seiner Zukunft weiß wie Eltern, Nachbarn und Lehrer. Dass der Junge schon als Schüler seltsam gewesen sein muss, entnehme ich den Stichworten auf der nächsten Seite: Kind trägt schwarze Hornbrille. Zu groß. Zu schwer. Spielt mit Mädchen Herr und Hund. Lehrerin, Zeugin des Spiels. Befremdet. Angeekelt. Nimmt sich vor, mit den Eltern zu reden, vergisst es.

Gunnar Jannson hat Zimmer Nummer 5 in eine Schreibstube verwandelt. Bunte Stifte. Kugelschreiber. Bleistifte. Ein Anspitzer. Eine Schreibmaschine. Notizen auf dem Nachttisch für einen Kriminalroman gefallen mir auf jeden Fall besser als das aparte Gesicht einer Frau im Silberrahmen. Ich höre Schritte auf dem Flur und lege das Heft schnell auf den Nachttisch zurück. Nah ans Bett, näher am unteren Rand als in der Mitte.

Zimmerlesen ist wie Bücherlesen – man vergisst die Zeit. Ich sauge schnell den Sand vom Teppich und verlasse den Raum.

Am Nachmittag hilft mir Esveranka, das Zimmer unter dem Dach für die nächsten Gäste vorzubereiten. Routinearbeit. Wir wechseln die Bettwäsche, putzen die Fenster, wir sind zu Vertrauten geworden. Zwei, die nicht viel voneinander wissen, sich aber gut verstehen. Esveranka mag die Pension meiner Mutter, während ich mit jedem Tag, den ich länger hier bin, das Bedürfnis habe, alles zu erneuern.

Schau, Esveranka, alles alt hier! Man muss die Sessel neu beziehen! Der Teppich hat seine Farbe verloren! Die Handtücher sind vom vielen Waschen ganz dünn, und schönere Waschlappen gibt es auch.

Esveranka guckt sich im Zimmer um, sagt: Alte Sachen, gute Sachen.

Sie nimmt einen blonden Puppenjungen, streicht ihm über den Kopf und drückt ihn an sich.

Ich sage: Schau, diese Bettlaken. Monster! Wir bügeln uns den Rücken krumm. Lass uns Spannbezüge kaufen! Waschen, trocknen, überziehen und fertig! Sie sieht mich an, überlegt, nickt, sagt dann: Du nicht Chefin hier.

Doch, bin ich. Wer sonst? Hast du die Wäscheklammern gesehen? Total verwittert. Es gibt bunte Klammern aus Kunststoff. Gelb, blau und rot. Es gibt Wäscheklammern, die nachts funkeln – da freust du dich, wenn du Wäsche aufhängen darfst.

Esveranka drückt noch immer den blonden Puppenjungen an sich, denkt eine Weile nach und sagt dann: Du … ergreifend.

Ich was?

Ergriffen!

Von was soll ich ergriffen sein?

Was sagt man, fragt sie, wenn ein Mensch mischt sich in andere ein?

Frech?

Sie schüttelt den Kopf, zeigt auf den verschlissenen Sessel, den Teppich, die Handtücher und macht mit beiden Händen eine Bewegung, als wolle sie alles zum Fenster rauswerfen.

Nein! Ich will nicht alles wegschmeißen, nur moderner machen, neu und hübsch.

Du nicht Mutter!

Sie wühlt in ihrer Tasche, blättert in einem zerfledderten Wörterbuch, scheint das Wort nicht zu finden, das sie sucht. Sie zieht mit dem Fuß eine Linie auf dem Teppich und macht einen großen Schritt darüber.

Ich ahne, was sie meint. Ich bin dabei, eine Grenze zu überschreiten, weil ich anfange, Gegenstände zu ersetzen, um die Pension meinem Geschmack anzupassen. Vielleicht hat sie recht.

Gut. Wir lassen alles, wie es ist – nur Spannbetttücher kaufen wir?

Sie nickt. Spanntücher: Sehr gut. Nix mehr bügeln. Gut für Rücken.

Und wenn ich für alte Sachen neue kaufen, dann bin ich übergriffig – meinst du das?

Sie schüttelt den Kopf, sagt: Da.

Du schüttelst den Kopf, wenn du Ja meinst?

Da.

Und was machst du, wenn du Nein sagen willst? Sie nickt und sagt: Näj.

Sie lacht: Jetzt du.

Sie sagt schnell hintereinander: Da. Näj. Da Näj und lacht mich aus, weil es mir nicht gelingt, bei Näj zu nicken und bei Da den Kopf zu schütteln.

Die Fenster sind geputzt, der Boden sauber, der Schrank ausgewischt. Was noch? Esveranka zeigt auf die Flecken der Matratze. Du musst kaufen Tuch für unter Betttuch. Sind junge Leute auf Dachboden. Ficki jeden Tag.

Nach zwei Stunden haben wir die Stube bezugsfertig. Alles sauber, alles etwas abgenutzt. Bevor wir die steile Holztreppe hinabsteigen, nimmt Esveranka noch einmal den blonden Puppenjungen in den Arm. Sie lächelt. Hübsches Kerl. Sieht aus wie Vladi.

Wer ist Vladi?

Ist Sohn von meine bulgarische Sohn.

Nimm ihn mit, Esveranka, macht Heimweh kleiner.

Gegen zweiundzwanzig Uhr schließt er den Kellerraum ab, steigt die Treppe hoch und tritt auf die Straße. Vor der Pension steht nun ein sorgfältig gekleideter Herr. Beige Hose, schwarzes Leinenhemd, Weste und über der Schulter eine leichte rehbraune Lederjacke. In den Augen der Gäste ist die Tochter der Pensionswirtin mit einem älteren, freundlich aussehenden Mann verabredet, der ihnen beim Frühstück noch nie begegnet ist. Ihr Großvater? Ein Onkel? Der Freund? Egal. Für den erfolgreichen Pensionsbetrieb erfinde ich eine neue Lektion: Sorge für Gesprächsstoff, er ist die Urlaubswürze für die Gäste.

Wir gehen die lange Straße hinunter durch das Dorf, am Brunnen vorbei, über den Deich an den Strand. Das Wasser hat sich zurückgezogen, auf das feuchte Watt fallen letzte Sommerstrahlen und lassen es leuchten wie Feuer. Mr. Bitterman gibt die Richtung vor, nach Osten, Richtung Hafen.

Er nennt mich Pia, und ich sage mal Herr Bittermann, mal Jons, mal Mr. Bitterman. Wir sagen Sie zueinander und manchmal auch du. Wir haben kein konkretes Ziel, keine Bar, kein Restaurant, unser Ziel ist unsichtbar. Wir laufen einfach so lange am Strand entlang, bis er mir die Geschichte mit meiner Mutter erzählt hat und ich verstanden habe, warum ich die nicht kenne, warum sie mir erst erzählt wird, wenn ich schon unübersehbar dazugehöre. Der Strand ist lang. Wir gehen nicht langsam und nicht schnell, wir haben Zeit. Ich will alles wissen. Von Anfang an.

Jons ist neunundsechzig Jahre alt. Er besitzt in Bremen eine Kaffeerösterei, ein kleines, feines Traditionsunternehmen, seit hundert Jahren im Besitz der Familie Bittermann. Seine Tochter hat das Geschäft übernommen und mit Erfolg um Kaffeeseminare und Betriebsführungen erweitert. Eine kleine Kaffeeuniversität mitten in der Stadt.

Er begegnete meiner Mutter 1968, am 25. Juni gegen elf Uhr abends, exakt ein Jahr nach dem Tod meines Vaters. Da war er schon seit drei Jahren Witwer. Der Tag war warm und windig, die einbrechende Nacht kühl, aber nicht kalt. Er hatte sich, wie jedes Jahr, im feinen »Strandpalast« eingemietet, gegen einundzwanzig Uhr zu Abend gegessen, auf dem Zimmer ein wenig gelesen, um dann, wie jeden Abend, am Strand, nur im Licht des abnehmenden Mondes, so lange zu laufen, bis er beinahe wieder hungrig wurde, ein Zustand, der seinem Schlaf gut bekam. Bis auf ein, zwei Liebespaare, die sich in den Strandkörben vergnügten, war er der einzige Mensch, der sich von den betörenden Geräuschen des Wattenmeeres, seinem Schlucken und Glucksen, dem leisen Kratzen schlafloser Krebse, verzaubern ließ.

Die Hände auf dem Rücken oder in den Taschen seiner Jacke, knirschende Schritte im feuchten Sand der Wasserkante. In einer solchen Nacht sorgt jedes Geräusch, das nicht dazugehört, für Irritation. Und das, was er da plötzlich hörte, erschreckte ihn. In irgendeinem der Körbe saß ein Mensch und weinte. Herr Bittermann blieb stehen. Er horchte. Erst war es nur ein leises Wimmern, dann ein trockenes Schluchzen wie vor dem Ersticken. Er wartete. In einem dieser Körbe saß ein sehr trauriger Mensch. Er ging langsam in die Richtung, aus der das Geräusch kam, und als er sich näherte, ohne den Strandkorb gefunden zu haben, schnauzte eine raue Stimme: Hauen Sie ab. Es war elf Uhr und bis auf das schwache Mondlicht stockdunkel.

Hat er mich zu diesem Spaziergang eingeladen, weil er glaubt, die Geschichte sei nur mit Sand unter den Füßen und Wind in den Ohren zu verstehen? Was immer die beiden verbindet, sie geben es nur preis, weil es sich jetzt nicht mehr verschweigen lässt.

Ich sehe mich um. Leere Körbe, alle neu. Sie riechen nach Sonnenmilch, mit der die Urlauber ihre

Körper am Tag getränkt haben. Die Strandkörbe von damals gibt es nicht mehr, die Geschichte, die ich nacherleben soll, ist sechzehn Jahre alt. *All you need is love*. Mein Vater war 1967 gestorben, am 25. Juni, und die Frau im Strandkorb schrie ihr Unglück am ersten Todestag ihres Mannes in die Nacht. Wütend. Verzweifelt. Das Leben ist ungerecht und gemein.

Jons Bittermann war nicht abgehauen. Er hatte sich in einen Strandkorb gesetzt, der weit genug von dem der weinenden Frau entfernt stand, um sie nicht zu ängstigen, und nah genug, um wahrgenommen zu werden.

Und dann?

Er wartete. Er wartete und wartete und hatte vor, so lange zu warten, bis er sicher war, dass sich die Frau gefangen hatte.

Und meine Mutter?

Nahm es hin.

Und was tat er? Er saß in ihrer Nähe und dachte über die Variationen der Trauer nach. Über diesen merkwürdigen Prozess, den er kannte, der am Anfang die Wucht eines Orkans hat und in einem fast unerträglich langsamen Prozess weniger wird, nie aus dem Leben verschwindet und sich, wie eine Narbe beim Wetterwechsel, immer wieder meldet. Er dachte an sein Leben, von dem er nicht so genau wusste, ob er es geglückt nennen würde, zufriedenstellend, langweilig oder komisch. Er dachte darüber nach, was er hier tat mitten in der Nacht in der Nähe einer verzweifelten Frau. Was ging sie ihn an? Eine Fremde, die ihn nicht um Beistand gebeten hatte. Er fragte sich, wie lange ein Mensch weinen kann und ob der Vorrat an Tränen begrenzt oder unbegrenzt ist. War sein Verhalten aufdringlich oder fürsorglich? Er ließ sich nicht verscheuchen, er war neugierig.

Wir setzen uns, wie meine Mutter und er vor sechzehn Jahren, in zwei Strandkörbe, die sich gegenüberstehen. In der Dunkelheit sehe ich nur den Umriss des Korbes, umso genauer nehme ich seine Stimme wahr. Sie ist weich und hell für einen Mann in seinem Alter. Soll ich in dieser Nacht verstehen, dass meine Mutter tiefe Gefühle der Trauer, des Verlustes, der Angst lieber einem Fremden anvertraut hatte als den eigenen Kindern?

Meine Mutter war damals fünfundvierzig Jahre alt. Und er? Anfang fünfzig. Die beiden kennen sich, ohne mein Wissen, seit sechzehn Jahren. Was ist das zwischen ihr und uns? Misstrauen? Was traut sie uns nicht zu? Darüber werden wir nachdenken müssen.

Als habe er meine Gedanken erraten, sagt er: Einen Vater zu verlieren ist nicht dasselbe wie der Verlust eines Menschen, mit dem man das Leben teilt und mit dessen Tod man die Hälfte seines Lebens verliert. Die Nachricht vom Tod ihres

Mannes, sagt er, habe meine Mutter zerrissen wie eine Bombe, die auf ein Haus kracht und alle Stockwerke zerfetzt.

Es geht nicht um Tod und Trauer, Mr. Bitterman, sage ich, dieses Schweigen kennen wir. Es geht um das Verschweigen von sechzehn Jahren – wie soll ich es nennen? Freundschaft? Glück? Liebe?

Es gibt Entscheidungen, sagt er, die muss man akzeptieren.

Wollte sie uns bestrafen – wofür? Wir hatten uns um sie gekümmert – oder nicht genug? Unser Angebot, ihr am Jahrestag des Todes beizustehen, hatte sie energisch abgelehnt. Hätten wir trotzdem kommen sollen? Wenn meine Mutter nein sagt, dann meint sie nein. Außerdem: Sie war im ersten Trauerjahr unnahbar. Wortkarg und schroff ging sie allen Versuchen aus dem Weg, ihren Panzer zu knacken. Sie duldete keine Zeugen ihrer Trauer. Also hatte meine Schwester eine Therapie begonnen und meiner Mutter geraten, es ihr gleichzutun.

Und ich? Ich war nach dem Tod meines Vaters nach Tübingen zurückgekehrt und hatte angefangen, mich dort zu langweilen. Ich war sechsundzwanzig Jahre alt. Filip studierte mit Fleiß und Ernst, er plante ein ordentliches Leben mit mir als Ehefrau, seine Eltern wünschten sich Enkelkinder. Sie waren dabei, mein Leben zu verplanen. Ich musste weg. Ein Brei, der zu lange auf dem Herd steht, brennt an. Der erste Mensch war auf dem Mond gelandet. Willy Brandt hatte die Wahl gewonnen – Aufbruch überall, und mich wollten sie in eine schwäbische Familie sperren, bevor ich überhaupt angefangen hatte, meinen Traum von Zukunft umzusetzen. Ich wollte auch zum Mond fliegen. Ich bewarb mich an der Filmhochschule in Berlin und wurde angenommen. Ich tröstete Filip. Ein Ortswechsel ist keine Trennung. Wir versprachen uns Treue, aber ich bin nie zurückgekommen. Ich lernte Drehbücher schreiben, wir trafen uns an den Wochenenden, mal bei ihm, mal bei mir, wir feierten noch einmal seinen Geburtstag in Tübingen und meinen in Berlin, die Besuchspausen wurden länger, und dann lösten wir die gemeinsame Wohnung auf. Traurig und enttäuscht. Wir waren ein gutes Paar gewesen, aber wie stark muss eine Liebe sein, wenn sich Zukunftswünsche nicht vertragen?

Als meine Mutter ein Jahr nach dem Tod meines Vaters verzweifelt in die Nacht lief, kannte ich diesen Traum schon, der mich beim ersten Mal verblüffte und der dann, weil er sich nicht verziehen wollte, zum Repertoire meiner Träume wurde, wie gute Filme, die man immer wieder sehen möchte. Mein Vater ist nicht tot. Er lebt. Er führt in Spanien ein glückliches Leben. Ich sehe mich auf das Haus zugehen, in dem er lebt. Ich weiß, dass er sich von uns abgesetzt hat, und bin ihm, was mich auch im

Traum wundert, nicht böse. Im Gegenteil. Ich freue mich, dass er lebt, und wache zufrieden auf.

Als mein erstes Drehbuch angenommen wurde, zog ich nach Frankfurt, mietete eine winzige Wohnung unter dem Dach, arbeitete wie besessen, half halbe Tage in einer Buchhandlung aus und hielt mich mit wenig Geld und der gelegentlichen Unterstützung meiner Mutter ganz gut über Wasser. Ihre Trauer war kein Thema zwischen uns, und den Traum vom lebendigen Vater behielt ich für mich. Er würde sie beunruhigen, vielleicht traurig machen. Auch meinen Verdacht, dass ich zu einer so langen Ehe, wie sie sie geführt hatte, nicht taugte, verschwieg ich ihr. Meine Beziehungen hielten im Durchschnitt, das hatte ich ausgerechnet, ein Jahr und acht Monate, selten länger, häufig kürzer.

Ich war kein trauriger Single, nicht einsam, war umgeben von Freunden und Kollegen – aber irgendwo war da auch ein Sehnsuchtsloch, die Hoffnung auf eine richtige Liebe. Mama, was ist richtige Liebe? Spürt man sie, wenn man ihr begegnet? Sagt da irgendetwas in einem: Das ist sie, halt sie fest. Ist Liebe, wenn dich nichts an dem anderen stört? Wenn du alles magst: wie er die Suppe schlürft, das Ei köpft oder schnarcht, zu schnell spricht oder zu langsam, zu wenig liest oder deine Liebe zum Kino nicht teilt. Hab ich das gefragt? Bestimmt nicht. Und sie? Hätte sie mir von Herrn Bittermann erzählt, wenn wir so miteinander hätten sprechen können? Über Gefühle zu reden war ihr nicht beigebracht worden und mir auch nicht. Ich hatte die Farbe ihrer Augen geerbt und auch ihr Schweigen.

Jons Bittermann hat die Zigaretten nicht gezählt, die sie damals geraucht haben. Sie Menthol, er Gitanes. Irgendwann war sie aufgestanden. Wortlos. Er fragte, ob er sie ein paar Schritte begleiten dürfe, sie sagte nicht ja und nicht nein, ging einfach weiter, als würde es den Schatten neben ihr nicht geben.

Ich sehe auf die Uhr. Zehn nach zwölf. Jons Bittermann steht auf, und ich folge ihm, wie er damals meiner Mutter gefolgt ist. Er geht zügig, zieht mich hinter sich her wie an einem unsichtbaren Band. Ich bin müde. Ich habe in der letzten Nacht kaum geschlafen. Aber so wichtig kann Schlaf nicht sein, denke ich, lass uns das Spiel, wenn es denn ein Spiel ist, zu Ende spielen.

Niemand, der den Strand zwischen Kurort und Kreisstadt nicht kennt, weiß, wie lang der ist. Er breitet sich vor uns aus wie ein Stück Wüste. Jons Bittermann sagt, es würde ihn nicht wundern, wenn vor uns ein Kamel auftauchen würde, bei so viel Sand. Wir lauschen unseren knirschenden Schritten, dem spitzen Schrei einer einsamen Möwe. Am Meer sind die Sterne groß, und der Himmel ist nah wie ein Dach. Und das Schweigen tiefer als die Stille in einer leeren Kirche. *All you need is love*. Liebt meine Mutter diesen Mann? Und er sie?

Sie hat in jener Nacht mehrmals versucht, ihn loszuwerden. Mit harschen Sätzen – Hau'n Sie endlich ab. Was wollen Sie von mir –, aber der Tonfall, schien ihm, war nicht böse, nur sehr erschöpft.

Hatte sie keine Angst vor dem fremden Mann, der sie ungebeten durch die Nacht verfolgte?

Nein, sagt er, ich war ein Begleiter, kein Verfolger.

Und sie? Irgendwann hat sie ihn nicht mehr zur Kenntnis genommen. Oder sich mit ihm abgefunden wie mit dem eigenen Schatten, von dem ja auch keine Bedrohung ausgeht? Er war da, kam aber nicht näher. Zweimal auf diesem Weg hat sie sich in einem Strandkorb ausgeruht und er in einem Korb in der Nähe. Nicht zu fern und nicht zu nah. Er hatte ihren Kurzschlaf bewacht. Um vier ging die Sonne auf, und sie wussten noch immer nichts voneinander.

Sie gingen ohne Ziel. Immer weiter. Meine Mutter kam ihm vor, als wolle sie irgendeinen Weg zu Ende gehen, ohne zu wissen, wo der sein Ende haben würde. Sie landeten im Hafen, dort, wo die Fischfabriken am Morgen die Tore öffnen. Ende der Nachtschicht, Schichtanfang für die Frühharbeiter. Wo hinter scheppernd hochgezogenen Toren die Fischauktionen beginnen, wo die ersten Imbissläden öffnen, Fische und Pommes gebraten werden für müde und hungrige Arbeiter.

Früher sind wir oft mit unseren Eltern sehr früh in den Hafen gegangen, haben den auf ihren Fischkisten stehenden Männern zugesehen, wie sie in atemberaubendem Tempo und mit nicht nachvollziehbaren Gesten ihre Ware versteigerten, um Pfennige feilschten. Wir haben vor den Kisten gestanden, in denen Tausende frisch gefangener Fische übereinandergestapelt lagen, korrekt ausgerichtet, Kopf an Schwanz, Schwanz an Kopf, auf den roten Leibern der Barsche silbrig glänzende Schuppen. Wenn tonnenschwere Netze aus dem Wasser gezogen werden, wenn zappelnde Fische mit wild ausschlagenden Schwänzen um ihr Leben kämpfen – was für ein Schauspiel. Frischer Fisch riecht nach Salz und Meer. Meine Mutter liebte diesen Trubel, diesen Geruch, der sich auf die Haare legt, dieses Gefühl, selbst aus dem Meer gefischt worden zu sein.

Nach dem Tod meines Vaters lehnte sie Spaziergänge durch den Hafen ab. Fangfrische Fische in großen Kisten ertrug sie nicht mehr. In den glasigen Augen sah sie Todesangst, die Mäuler der Fische waren aufgerissen wie zum letzten verzweifelten Schrei.

Der Körper des Menschen ist ein profaner Geselle, sagt Jons Bittermann, was kümmert ihn Trauer und Tod. Bei verlockenden Gerüchen überfällt er die Nachtwanderer mit gierigem Hunger.

Also saßen meine Mutter und ihr Schatten um fünf Uhr morgens in einem portugiesischen Imbiss und ließen sich auf die Spezialität von Senhor Armando ein. Meine Mutter verzog bei der Vorstellung, ein Fisch habe drei Monate lang wie eine Unterhose auf der Leine in Sonne und Wind gehangen, sei unter Salzschichten begraben worden, um dann tagelang in kaltem Wasser wieder entsalzt zu werden, angeekelt das Gesicht. Aber Senhor Armando war nun einmal der Erste, der an diesem Morgen seinen Laden öffnete und seine Spezialität anbot: Frische, heiße Croquettes de bacalhau, eine köstliche Mischung aus Kabeljau, Kartoffeln, Olivenöl, Zwiebeln und Semmelbrösel. Als meine Mutter mit Heißhunger aß, fiel die Sorge um das Leben dieser Frau von ihm ab. Die war nicht schwach. Die hatte Kraft. Die hatte Reserven. Ihr Gesicht war verheult, verquollen, aber lebendig. Ihre Augen wanderten wach und neugierig über das Gesicht ihres Begleiters, als begänne sie erst jetzt, sich für diesen merkwürdigen Mann zu interessieren. Irgendwann konnte sie sogar darüber lachen, dass sie zu einem Schutzengel: Hau'n Sie ab! gesagt hatte. Er mochte ihre Stimme, die leicht und melodisch ist. Er hat sich an diesem Morgen in meine Mutter verliebt und dann jeden Tag ein bisschen mehr.

In meiner Nacht mit Herrn Bittermann heißt der frühe Portugiese nicht mehr Senhor Armando, sondern Senhora Antonia. Die Tochter. Ich vergleiche den Fisch nicht mit Unterwäsche auf der Leine, aber auch ich habe noch nie Croquettes de bacalhau gegessen. Sie sind heiß und tun gut, dennoch kriecht die Frage wie ein Wurm durch meinen Kopf: Warum gibt es im Leben meiner Mutter einen Mr. Bitterman, von dem ihre Kinder nichts wissen? Seit sechzehn Jahren! Wir sind keine spießigen Dummchen, wir hätten ihr jede Liebe dieser Welt gegönnt! Sie hätte sich in einen Eskimo verlieben und in ein Iglu ziehen können, wir hätten ihr viel Glück gewünscht. Kein Wort zu uns über einen Mann, der ihr nahesteht. Warum? Wir sind doch ihre Kinder! Jons Bittermann gibt mir sein Taschentuch. Nicht weinen, sagt er, ist doch alles gut geworden.

Für wen?

Er lächelt.

Für uns.

Bei Sonnenaufgang beschreibt er mir das Leben meiner Mutter, als würde ich es nicht kennen. Nicht so kennen wie er. Ohne Vorwurf entwirft er ein Bild, das er sich aus ihren Erzählungen zusammengesetzt hatte. Knapp sechzehn bei Ausbruch des Krieges, fast noch ein Kind, dem in den nächsten Jahren alles weggerissen wurde, was es liebte und beschützte. Am Ende des Krieges ist das Mädchen eine junge Frau mit der Hoffnung auf ein bisschen Glück und eine eigene kleine Familie. Ein Versuch zwischen Trümmern. Vater, Mutter und ein Zwerg mit schwarzen Locken, der, das schwor sie sich, auch in einer kaputten Welt glücklich werden sollte. Das war der Wunsch. Aber das Misstrauen blieb. Wer war Freund, wer war Feind? Wer war heute Freund und morgen Feind? Der Krieg hatte das Grundvertrauen zerbombt und sie gelehrt, dass Zerstörung ein schnelles Geschäft ist und für den Aufbau Menschen mit Hornhaut auf der Seele gebraucht werden. Also: Augen auf und durch, geheult wird später oder nie. Ihr Bruder Hans hat sich das Leben genommen. Warum? Auf die Frage gibt es keine Antwort oder viel zu viele.

Er muss nicht weiterreden. Ich kenne die Fortsetzung. Meine Mutter hatte einen Mann, der sie immer wieder betrog, aber nie verlassen würde. War das ein Trost? Die Töchter waren mit ihrem eigenen Leben beschäftigt und brauchten keine Mutter mehr. Jons Bittermann sagt nicht: Ihr habt sie alleine gelassen. Er deutet an, dass wir für meine Mutter keine Gesprächspartner waren. Auch keine ihrer Nachbarinnen. Nur diese eine Freundin aus der Schulzeit, Oma Ly, Emilya, die weiß, wie die Liebe meiner Mutter zu den Puppen entstanden ist. Treue aus uralten Zeiten.

Ich bin fassungslos. Im wahrsten Sinne des Wortes. Ich bin kurz davor, den Halt zu verlieren. Der Mann beweist mit jedem Satz, wie gut er meine Mutter kennt. Sechzehn Jahre! Er weiß, wie es ihr nach dem Tod meines Vaters ging – und nun erzählt er es mir. Hat sie ihn darum gebeten? Lässt sie ihn reden, weil sie das Reden mit ihren Kindern nicht gelernt hat? Das wäre ein Gedanke, mit dem ich mich trösten könnte. Dann wäre diese Nacht mit ihrem Freund ein Geschenk für mich. Eine Wiedergutmachung. Vielleicht ein Dankeschön für meinen Einsatz in ihrer Pension?

Sprechen Sie weiter, sage ich, ich höre zu.

Meine Mutter zog nach einem Jahr Trauer Bilanz. Kein Mann, keine Freunde. Kinder, die sie nicht mehr brauchten – wozu leben? Für wen? Sie hatte nichts gelernt. Sie war Mutter und Hausfrau und hatte sich mit dem Lösen Hunderter Kreuzworträtsel nicht nur abgelenkt, sondern auch ein paar Happen Bildung angeeignet, die ihr Gefühl, nichts zu wissen, noch verstärkten. Dass der Hauptstern im Skorpion Antares hieß, war ihr egal, auch ein israelischer König mit dem Namen Ela spendete keinen Trost. Eine Tonart hieß es-Moll, und ein Riff mit fünf Buchstaben war eine Klippe. Die senkrechten und waagerechten Wörter gingen in ihrem Kopf fatale Verbindungen ein. Warum soll man sich nicht in einer Tonart, die es-Moll heißt, von der Klippe stürzen, die man auch Riff nennen kann, ein

Wort mit vier Buchstaben. Und wo man jene berauschende Droge bekommt, deren erster Buchstabe ein O war und der letzte ein M, hätte sie auch gerne gewusst.

Ich starre den Mann an. Das hat sie Ihnen erzählt?

Der Kopf meiner Mutter füllte sich mit bedeutungsgleichen Wörtern. Sie nahm das Pferd auf der Weide nicht mehr wahr, weil sie dachte: Tier mit vier Buchstaben. Ross. Sterne waren helle Himmelskörper, und wenn sie verzweifelt Teller und Tassen an die Wand werfen wollte, fragte ihr Kopf sie nach einem starken Gefühl mit drei Buchstaben. Wut. Das war keine Bildung, und klüger wurde sie auch nicht, eher langsam verrückt. Sie versuchte, Schmerz und Einsamkeit mit Filmen aus dem Fernsehapparat zu vertreiben. Das lenkte ab – aber keine dieser Geschichten befreite sie von ihrem eigenen Schmerz. Große Kinogefühle machten ihren Alltag nur noch kleiner. Meine Mutter, erfahre ich, versuchte dann, den Schmerz mit Büchern zu betäuben. Sie las alles, was in den Regalen stand – aber von dort kam auch keine Hilfe. Die Buchgestalten lebten ihr eigenes Leben, fanden Lösungen oder versagten, meine Mutter aber ließen sie ungetröstet zurück. Sie wollte wieder ein eigenes Leben haben mit eigenen Sorgen und eigenen Gedanken und eigenen Lösungen. Wo anfangen? Mit wem? Tod durch die eigene Hand mit sechs Buchstaben wäre eine Lösung gewesen.

Das alles wusste dieser Mann. Warum er? Jons Bittermann ist kein Psychologe und kein Pfarrer. Er ist ein Fabrikant, der Kaffee röstet. Kein schöner Mann. Ein bisschen pummelig. Die Falten in seinem Gesicht verraten, dass er gerne lacht. Vielleicht war das der Schlüssel zu meiner Mutter – der Mann ist ein gütiger Clown. Wer eine heulende Frau durch die Nacht begleitet, ist ein Spieler. Vielleicht hatte er meine Mutter mit Eigenschaften verzaubert, die sie nicht kannte. Schalk und Humor.

Er bestellt kaltes Bier, das gut zum Fisch passt und zum frühen Morgen. Oder zur späten Nacht. Er ist kein bisschen müde. Er strahlt. Die Geschichte der Nacht, in der er meine Mutter entdeckte, ist die Geschichte ihrer Liebe. Es ist ihm gelungen, Kammern aufzusperren, die sie uns nie geöffnet hätte. Ohne Freud im Bücherschrank und ohne Bibel. Er hat Zuhören nicht lernen müssen, er kann es einfach. Neben mir sitzt ein Mann, der stolz ist auf sein Glück mit meiner Mutter. Jesus hat Blinde in Sehende verwandelt, und Jons Bittermann hat aus einer Stummen eine Sprechende gemacht.

Er bezahlt die Croquettes de bacalhau. Wir fahren mit dem Bus zurück und holen die Brötchen für die Pension. Man begrüßt ihn mit seinem Namen. Gegen sieben Uhr morgens steigt Herr Bittermann in den Keller. Ich sehe seiner Hand auf dem Geländer nach und stelle sie mir in der Hand meiner Mutter vor, was mir nicht gelingt.

Frühstück wie immer, Mr. Bitterman?

Er sieht zu mir hoch, lächelt. Yes, Lady. Indeed.

Warum wohnen Sie im Keller?

Er lacht.

Warum der weite Weg durch die Nacht?

Weil diese Geschichte nur zwischen Mond und Meer beginnen konnte.

Ich sage: Die Geschichte ist noch nicht zu Ende.

Er nickt.

Ich bin todmüde und überwach. Wie ein Roboter erledige ich an diesem Morgen meine Arbeit. Kaffee ohne Milch und Zucker, zwei Croissants, Butter, Erdbeermarmelade für die nette Dame aus Zimmer 3. Was weiß meine Schwester? Warum hat mir Emilya die Liebesgeschichte meiner Mutter verschwiegen? Zwei Scheiben Schwarzbrot, Milchkaffee, zwei Eier im Glas, eher zu weich als zu hart. Ich bin todmüde und hellwach. Ich nehme jeden Krümel am Boden wahr und auch dass der Wetterfrosch dabei ist, seine Rolle als Kurgast abzulegen. Er hat seinen grauen Bart gestutzt, trägt ein weißes Hemd zur schwarzen Jeans, ist beim Friseur gewesen und strahlt mich an wie ein guter Bekannter, der zum Frühstück eingeladen worden ist. Weiß er, dass ich in der Nacht nicht zu Hause war? Hat er gewartet, sich Sorgen gemacht, mich mit Jons Bittermann und den Brötchentüten heimkommen sehen – und was gedacht? Er sieht meine Müdigkeit. Er lässt mich nicht aus den Augen. Er wartet auf ein Zeichen, einen Blick. Ich verschließe mein Gesicht, ich bin kein Buch, in dem man lesen kann.

Nachdem die Gäste den Frühstücksraum verlassen haben, gehe ich in den Keller. Teatime, Mr. Bitterman. Alles wie immer, und heute Morgen ist alles ganz anders. Ich frühstücke nicht allein in der Küche, ich decke den großen Tisch am Fenster für ihn und mich. Ich will die Fortsetzung der Geschichte nicht irgendwann und eines Tages, sondern jetzt. Die Gäste verlassen ihre Zimmer, ich sehe, wie sie das Haus durch den Garten verlassen, ich werde beim Putzen der Zimmer heute ein wenig pfuschen. Also Frühstück für zwei Menschen, die nach dem frühen Imbiss im Hafen längst wieder hungrig sind: sechs Eier mit Speck, vier Scheiben Schwarzbrot, viel Tee mit kalter Milch.

Ich möchte ihn mit Fragen zuschütten, bin ungeduldig, schlinge die Eier in mich hinein, als gelte es, ein Loch zu stopfen, und bremse mich nur, weil ich seine Vorfreude spüre, mir die Fortsetzung der Geschichte zu erzählen.

Zwei Tage nach ihrer durchwanderten Nacht treffen sie sich in der Stadt. Meine Mutter möchte ins Kino gehen, egal in welchen Film, sie weiß nicht, wann sie das letzte Mal im Kino war. Es gibt drei Kinos im Ort, sie können zwischen Kitsch und Edelkitsch wählen und entscheiden sich für Edelkitsch. Eine englische Komödie. »Tea time by Lady Silverstone« – oder so ähnlich. Sie können beide nicht besonders gut Englisch, tun aber nach dem

Film so, als gehörten sie zur feinen Gesellschaft der Lady Silverstone, und er freut sich, dass die Frau, die er so verzweifelt kennengelernt hatte, lachen kann. Er nennt sie Lady Carlotta und sie ihn Mr. Bitterman oder: Sir. Er lädt sie zum Bier ein, sie erzählt ihm, wenn auch karg und spärlich, von einem Problem, das sie aktuell lösen muss. Von dem sie nicht weiß, wie sie es lösen soll. Das Haus am Ende der Straße, das sie nach dem Tod meines Vaters vermietet hatte, wird wieder frei. Was tun? Neu vermieten oder verkaufen? Was soll sie allein in einem Haus, das für eine Familie gebaut worden ist? Und weil sie schon einmal bewiesen haben, dass sie miteinander weite Strecken laufen können, gehen sie den Weg der vorletzten Nacht noch einmal – und dann hat sie mir euer Haus gezeigt, sagt Mr. Bitterman.

Und?

Nicht wirklich gezeigt, sagt er, sie hat es mir, während wir davorstanden, geöffnet, und ich war begeistert von der Idee, das Haus in einen Betrieb umzuwandeln. Eine kleine Pension, mit Kurgästen Geld verdienen, das tut hier doch jeder. Es gibt einen Garten, es gibt eine Terrasse, ich sehe Liegestühle vor mir, die Menschen lieben auch Strandkörbe, selbst wenn sie im Garten stehen.

Die Pension war Ihre Idee?

Nicht wirklich, sagt er, und ich bewundere seine

Art, sehr langsam zu essen und sehr langsam zu erzählen.

Meine Mutter hat sich gegen die Idee gewehrt. Hat das Haus schlechtgemacht, hat es bieder genannt. Hat ihm beschrieben, was sich hinter der Fassade verbarg. Im Parterre: ein Wohnzimmer, eine Küche, ein kleines Esszimmer. Ein langer, enger Flur. Im ersten Stock: zwei Kinderzimmer, ein Elternschlafzimmer mit Balkon. Badezimmer mit Wanne und Toilette, separates Klo. Das Dach: nicht ausgebaut. Eine Rumpelkammer mit alten Zementsäcken, Farbeimern, aufbewahrt und nie entsorgt. Der Keller: ein Heizungsraum, ein kahles Zimmer mit Schränken für die Wintergarderobe im Sommer und die Sommergarderobe im Winter. Ein Kabuff für Gartengeräte, ein Wasch- und Bügelraum mit langen Regalen für Vorräte und einen Vierzig-Quadratmeter-Raum für alle Fälle. In diesem »Saal« haben die Kinder geschaukelt, gespielt, geturnt und trainiert. Eine graue Turnhalle. Halbe Fenster zur Straße. Was noch? Es gibt eine Garage, in der ein Mercedes steht, an den Wänden stapeln sich Musterkoffer. Lauter rechte Herrenschuhe, die der Fabrikant nie abgeholt hat.

Und Sie haben ihr geraten …

Er lacht. Ich habe gesagt: Lady Carlotta, das wäre doch ein prächtiger Anfang.

Und meine Mutter …

Hat gesagt: Sir, ich bin keine Geschäftsfrau … ich sitze bei Karstadt an der Kasse.

Und Sie?

Ich habe versprochen, ihr erster Gast zu sein. Ein Dauergast. Ehrenwort. Zuverlässig jedes Jahr vier Wochen in der grauen Turnhalle.

Ich koche neuen Tee, fülle die Milch auf, schaue auf die Küchenuhr. Bald eins.

Meine Mutter hat ihn einen Spinner genannt, einen größenwahnsinnigen Träumer, einen Mann, der eine Frau, die er nicht kennt, maßlos überschätzt, und dann aber, nach langem Schweigen, etwas mürrisch gesagt: Und wie könnte das Ding heißen?

Meeresruh?

Klingt nach Seemannsgrab.

Muschelbank?

Zu hart. Zu spitz.

Ebbe und Flut?

Hört sich an wie Max und Moritz.

Und dann verlängerte Herr Bittermann seinen Urlaub. Und meine Mutter brachte den Mann, den sie noch nicht lange kannte und der ihr nah geworden ist, zum Bahnhof. Er erzählt mir den Abschied so plastisch, dass ich ihn vor mir sehe. Sie umarmen sich. Nicht wie ein Liebespaar, eher wie zwei Menschen, die wissen, dass sie etwas Besonderes erlebt haben. Sie winkt ihm nach. Das sieht für ihn eher nachdenklich aus und weniger, als winke sie einer

Zukunft zu, auf die sie sich freut. Sie hält eine weiße Lilie in der Hand, Blume der Freundschaft und des Vertrauens. Und dann fällt sie eine Entscheidung. Sie bestellt einen Möbelwagen und räumt ihre provisorische Zwei-Zimmer-Wohnung aus. Sie holt sich ihr Haus zurück. Ihren Karstadt-Job behält sie noch eine Weile, dann kündigt sie. Sie schickt eine Ansichtskarte nach Bremen: *Kannst Du Dir das vorstellen, Mr. Bitterman?* Eine blaue Schrift auf weißer Wand: *Pension Ebbe und Flut.*

Sie besichtigte ihr eigenes Haus wie eine Fremde. Hinter der Eingangstür: Vorflur und Flur, rechts das Wohnzimmer. Vierzig Quadratmeter, auf dem kalten Betonboden goldgelbe pflegeleichte Auslegware. Hier hatten sie vor dem Fernsehapparat gesessen, hier hatte sie gelesen, wenn ihr Mann über Land fuhr und Schuhe verkaufte. Hier hatten beide mit Freunden gegessen, getrunken und Karten gespielt. Sie ist eine ausgefuchste Skatspielerin. In den blauen Plüschsesseln sitzend, hatte sie den Kindern Pullover und bunte Strümpfe gestrickt und ihren Mann beobachtet, wie er Schach gegen sich selber spielte.

Links die kleine Küche. Kochen gehörte zum Familienleben, ihre Leidenschaft ist es nicht. Im kleinen Zimmer hinter der Küche wurde gegessen, wenn sie zu zweit, zu dritt oder zu viert waren. Der Luxus war die Durchreiche, ein kleines Fenster zwischen Küche und Esszimmer, durch das dampfende

Schüsseln geschoben werden konnten wie im Restaurant. Im Esszimmer stand der Schreibtisch ihres Mannes. Graue Asche auf weißem Papier: *Liebste Rosel, tausend Küsse.* Im Flur hing der Gong, mit dem die Kinder zum Essen gerufen wurden und Weihnachten zur Bescherung. Und manchmal hatte ihr Mann den Gong geschlagen, um zu sagen: Entwarnung. Der Ehekrach ist beigelegt. Entwarnung. Die Kinder konnten ihre Zimmer verlassen. Die Besichtigung des eigenen Hauses als Ausflug in ein Leben, das nicht vergessen war, aber vorbei.

Sie war, so stelle ich mir das vor, über die Holztreppe in den ersten Stock gestiegen.

Sie hatte sich in das Pia-Zimmer gesetzt und an mich gedacht, an diese Tochter, die in ihr Tagebuch geschrieben hatte, sie hätte lieber so eine gebildete Mutter wie ihre Mitschülerin Sonja, eine Mutter, die Klavier spielt und in der Volkshochschule Gedichte erklärt. In diesem Zimmer hatte ihre Tochter Edit Piaf gehört. Immer dasselbe Lied: *Non, je ne regrette rien.* Die Schallplatte eierte. *Non, je ne regrette rien.* Pia mit dem Piaf-Fimmel: Was hat ein junges Mädchen zu bereuen? Und ein zweiter Ohrwurm, mit dem die Tochter das Haus tyrannisierte. Hildegard Knef. Bis an die Schmerzgrenze laut: Mit sechzehn sagte ich still: ich will. Will groß sein, will stark sein, will siegen, will froh sein, nie lügen. Will alles oder nichts. Für mich soll's rote Rosen regnen, mir sollten sämtliche Wunder begegnen ... Und von vorne: Will groß sein, will siegen, will froh sein, nie lügen. Will alles oder nichts. Und noch einmal extra laut: Für mich soll's rote Rosen regnen ... Nichts half gegen diesen Entwurf von Zukunft. Kein Klopfen. Kein Schreien. Keine Drohung. Kein Rütteln. Kein Treten. Die Tür war abgeschlossen. Das Kind wollte alles oder nichts.

In diesem Zimmer hatte meine Mutter ihren Mann davon abhalten müssen, seine Tochter grün und blau zu prügeln. Er hatte sie am Nachmittag vom Sofa ihres Deutschlehrers gezerrt, auf dem sie andächtig saß, während der ihr bei Tee, Gebäck und Kerzenschein Musils »Mann ohne Eigenschaften« vorlas. Er war ein kleiner, drahtiger Mann, den wir Schmitti nannten. Er las mir den Anfang des Romans vor, drei Bandwurmsätze, die er mit großen Gesten untermalte, Sätze, die auf bombastische Weise mit dem Wetter zu tun hatten, um dann in einem schlichten Satz in sich zusammenzufallen: *Es war ein schöner Augusttag des Jahres 1913.* Mit der Hand auf meinem Oberschenkel erklärte mir Schmitti, warum diese überlangen Sätze hohe Kunst waren. Mir war die Hand nicht unangenehm, obwohl sie mich lähmte, aber das erzählt man nur der besten Freundin. Meiner Mutter war es nicht gelungen, meinen Vater davon zu überzeugen, dass ein Lehrer, der seiner Schülerin Musil vorliest, keine bösen Absichten haben muss. In diesem Zimmer hatten sie sich angeschrien, und ich stand heulend vor Wut und Scham dazwischen und war verblüfft vom Satz meiner Mutter: Nur was du selber denkst und tust, das traust du auch den andern zu. Er schlug ihr vor meinen Augen ins Gesicht.

So stelle ich mir meine Mutter in diesem Zimmer vor: Horchend, ob sich vielleicht in irgendeiner Ecke noch ein Ton, ein Satz, ein Wort oder ein Geräusch versteckte. Das Zimmer schwieg. Vielleicht ist es gut, dass Erinnerungen stumm sind. Sie öffnete das Schreibpult: ausgeräumt. Leer. Kein Staubkorn erinnerte an das Leben ihrer Tochter in diesem Zimmer.

Im Zimmer meiner Schwester sah ich sie auf der rosa Teddycouch sitzen. Wie können Kinder so verschieden sein? Die eine mutig, unbeschwert, ohne Arg, frech, manchmal störrisch. Die andere scheu, ängstlich, ein Mamakind. Judy, unser Reh. Müsste nicht eher aus einem Kind, das man mit Angst und Schrecken durch die Kriegsjahre gebracht hatte, ein Angstkind werden? Oder hatte sie ihrer ersten Tochter Überlebenswillen eingepflanzt und das zweite Kind mit ihrer Urangst geimpft, die blieb, weil das Vertrauen in eine heile Welt zerstört worden war? In diesem Zimmer hatte das Kind Blockflöte geübt. Tonleiter rauf, Tonleiter runter, schließlich das erste Lied: Alle meine Entchen, c-d-e-f-g-g. Dann: viermal a, einmal g. Schwimmen auf dem See. Schwimmen auf dem See. Viermal f, zweimal e, viermal d und c. Köpfchen in das Wasser, Schwänzchen in die Höh'. War denn das so schwer? Meine Schwester ruhte sich auf jedem Ton aus, als hätte sie Angst vor dem nächsten. Du richtest die Flöte hin, schrie der Vater und drohte mit dem Verbrennen des verdammten Holzes, wie er die schöne C-Flöte seiner Tochter Judy nannte. C-d-e-f-g-g.

Die erste Etage war eine Zeit lang eine kleine Hölle. Wie hatte der Bauleiter beim Richtfest gesagt? Liebe und Glück, so will mir scheinen, soll der Mörtel sein zu euren Ziegelsteinen.

Das Elternschlafzimmer, wie wir es nannten, betrat sie nur kurz. Kleiderschränke bis zur Decke. Dunkelbraun. Die Ehebetten im gleichen Farbton, hier hatte sie öfter geweint als gelacht. Sie hatte das Gefühl gehabt, dass sich ihr Mann, wenn er mit ihr schlief, die spanische Tänzerin vorstellte, die auf dem Bild über den Ehebetten im feuerroten Kleid Flamenco tanzte. Die Frisierkommode war ein Möbel, das sie liebte. Ein großer Mittelspiegel, rechts und links davon, mit Scharnieren zum Auf- und Zuklappen, zwei schmale, bewegliche Spiegel, in denen man sich von allen Seiten betrachten konnte. Ein Flügelaltar für Frauen und ihre Parfüms, Cremes, Lippenstifte, Puderdosen und Haarbürsten.

Wie ein Staubsauger hatte meine Mutter beim Gang durch die Zimmer die Bilder aufgesaugt, die von ihrem alten Leben übrig geblieben waren. Danach war das Haus frei für fremde Menschen und neue Geschichten.

Ich putze an diesem Tag kein Klo und kein Waschbecken, falle aufs Bett, wache erst wieder auf, als gegen Mittag das Telefon klingelt. Es gibt viele Gründe, ins Telefon zu schweigen – aber dieses Schweigen, meines und ihres, ist das Verstummen vor den vielen tausend Sätzen, die wir uns hätten sagen können oder wollen oder müssen und nicht können.

Ich will doch nur wissen, ob er …

Ja, Mama, hat er.

Bin umgezogen, sagt sie, selber Flur, Nummer 11, Einzelzimmer, schön groß. Kommst du heute noch?

Vielleicht lieber morgen?

Sie legt den Hörer auf. Ich stelle mich unter die Dusche und lasse lange heißes Wasser über mich laufen. Aber Verwirrung lässt sich nicht einfach abspülen wie Seifenschaum. Und weil mich die Nacht mit Mr. Bitterman nicht nur umtreibt, sondern auch antreibt, sehe ich mir dabei zu, wie ich mich zügig anziehe, die Haare föhne und ins Krankenhaus fahre.

Nun also Zimmer 11. Das wird die Idee des fürsorglichen Jons Bittermann gewesen sein. Ich klopfe nicht an, will sie überraschen, trete leise ein, sehe meine halb im Sitzen schlafende Mutter und setze mich in den Sessel, der neben dem Bett steht. Sich in ein Bild zu vertiefen ist eine Sache, aber darf ich eine Schlafende betrachten, die keine Chance hat, mir ein Gesicht zu zeigen, das sie auch zeigen will?

Mama?

Zwischen ihren Augenbrauen steht eine kleine, tiefe Falte wie ein Ausrufezeichen. Ihre Wimpern sind kurz und schwarz. Ich kenne die Fältchen neben ihren Augen, wenn sie lacht – jetzt ist die Haut neben den Schläfen glatt. Meine Mutter hat einen kleinen, schön geschwungenen Mund. Die Falten neben den Mundwinkeln haben sich noch nicht entschieden. Werden sie im Laufe der nächsten Jahre tiefer, wird das Gesicht verbittert oder enttäuscht aussehen. Sollte meine Mutter aber in den nächsten Jahren viel lachen, könnten daraus zwei Grübchen werden.

Vor mir liegt keine »schmerzhaft Ruhende«, aber eine Frau, die der Schlaganfall mürbe gemacht hat. Seine Dauer. Seine Macht, sie aus dem Alltag zu reißen. Die Geduld, die er ihr abverlangt, die Untätigkeit, zu der er sie zwingt. Liegen und warten. Sprechen üben wie ein Kind. Sich schonen. Speedy Gonzales, die schnellste Maus von Mexico – Geduld ist nicht die Stärke meiner Mutter. Ihr Schlafgesicht ist eine Mischung aus Strenge, Melancholie und einer Prise Sehnsucht.

Nummer 11 ist ein großes, helles Krankenzimmer mit einem Esstisch, zwei Stühlen, einem Sessel und einer altmodischen Stehlampe. Der Nachttisch ist größer als der im Zimmer 8. In einer Obstschale liegen rote und grüne Trauben. Jons Bittermann hat meine Mutter mit Rätselheften, Bleistiften und einem Anspitzer versorgt. Dazwischen tickt leise ein Reisewecker. Er hat ihr die letzten Krimis von Maj Sjöwall und Per Wahlöö gekauft. Band acht: »Verschlossen und verriegelt«. Band neun: »Der Polizistenmörder« und Band zehn: »Die Terroristen«. Martin Beck ist für meine Mutter der klügste Ermittler nach Sherlock Holmes.

Mama?

Auf dem Nachttisch liegt ein nicht gelöstes Kreuzworträtsel. Den Ritter der Artussage hat sie nicht gewusst, auch nicht den Namen des Erfinders der Schwimmflügel. Aber Maria, die schottische Königin, die auf dem Schafott landet, heißt Stuart und der älteste Sohn Noahs Sem. In die Kästchen, die für »kurzer Ausfall der Gehirnfunktion« vorgesehen sind, hat sie mit großen Buchstaben SCHEISSE geschrieben.

Ich versuche, in dem Gesicht meiner Mutter ihr Kindergesicht zu entdecken. Noch nicht gezeichnet vom Leben, noch nicht enttäuscht worden, offen, freundlich, ohne Arg und ohne Angst. Ob sie es findet, wenn sie in den Spiegel schaut? Und wenn ich sie noch so lange betrachte, ich finde es nicht. Und ich werde es auch in keinem Album sehen können. Papiere, Dokumente, fotografierte Erinnerungen, alles im Krieg verbrannt. Von mir gibt es diese Bilder, die zeigen, wie aus einem pummeligen Baby ein nettes Kind mit langen Zöpfen und dann ein muffiger Teenager wird. Ob meine Mutter noch weiß, wie sie als Kind ausgesehen hat? Ich könnte sie fragen.

Sechzehn Jahre hat sie Jons Bittermann vor uns geheim gehalten. Warum? Angst, dass wir sie auslachen, verspotten, den neuen Mann an ihrer Seite nicht mögen und vergraulen?

Mama?

Ihr Atem ist ruhig. Sie schläft fest, weil sie mich nicht mehr erwartet hat. Ein schlafender Erwachsener gleicht einem Kind – er sieht unschuldig aus, verletzlich, man kann ihm unmöglich böse sein. Vielleicht denke ich deshalb, dass ihr Verschweigen keine Lüge ist, eher der Versuch, diese überraschende Liebe zu beschützen, sie nicht infrage stellen zu lassen und sie auch nicht verteidigen zu müssen.

Ich lege eine Schachtel Lübecker Marzipan auf den Nachttisch und schleiche mich zur Tür. Mit einem letzten Blick fange ich ein Bild ein, das ich nie wieder verlieren werde: meine Mutter im Krankenbett. Halb liegend, halb sitzend. In einer schmalen Vase steht eine Lilie mit sehr weißen Blüten. Wie Perlmutt. Ihre kleinen kräftigen Hände liegen auf der Bettdecke. Dem Ringfinger ihrer rechten Hand sieht man nicht mehr an, dass er viele Jahre lang einen zu eng gewordenen Ring getragen hat. Sie hat ihn abgelegt, und jetzt trage ich ihn auf dem linken Mittelfinger, solange ich die Chefin der Pension bin. Ihre linke Hand liegt auf der lächelnden Elfi, ihrer liebsten Puppe, die aussieht, als würde sie mir zum Abschied die Zunge rausstrecken.

Das stille Zimmer. Das leise Ticken der Uhr. Die Lilie. Ich sehe in einem schlafenden Menschen immer auch schon seinen Tod.

Als ich nach Hause komme, sitzen Achim und Klaus-Dieter vor dem Bungalow und beobachten, wie sich ein blassgelber Himmel flammend rot färbt, leuchtend orange wird und mit einem dunklen Lila Platz macht für eine sternenklare Nacht. Ich liebe diese dramatischen Sonnenuntergänge. Sie lassen die Vögel singen und machen die Menschen stumm.

Jemand hat auf den Bistrotisch meiner Terrasse einen Weinkühler und zwei Gläser gestellt. Ein Stillleben. Karg. Betrachten, hatte der Kunstlehrer gesagt, ist nur eine Methode, Bilder zu verstehen, eine andere ist, sie zu befragen. Wer hat den Tisch gedeckt? Für wen? Werden hier zwei Menschen erwartet? Zwei Männer, zwei Frauen, ein Paar? Kommen sie zu spät, oder kommen sie gar nicht, oder haben sie die Terrasse schon wieder verlassen? Bildbefragungen schärfen den Blick. Sind die Gläser benutzt worden? Alle beide oder nur eins?

Aber ich stehe nicht vor einem Gemälde, ich stehe im Wohnzimmer und schaue auf meine Terrasse. Der gedeckte Tisch ist real, seine Kargheit rührend, nur habe ich niemanden eingeladen und niemanden gebeten, auf den Tisch meiner Terrasse zwei Gläser und einen Weinkühler zu stellen. Ergreifend, hätte Esveranka gesagt und übergriffig gemeint.

Freunde sind Freunde, heißt die wichtigste Lektion im Dienstleistungsbetrieb, und Gäste sind Gäste. Nähe ist keine Geschäftsgrundlage in diesem Gewerbe, mein Kind. Weiß ich, Mama, ich habe zugelassen oder nicht verhindert, dass jemand versucht, die Rolle des Kurgastes abzulegen. Mama, da stehen zwei Gläser auf dem Tisch, was soll ich tun? Ich höre einfach auf zu denken, horche in mich hinein und nehme die Einladung an.

Er nähert sich langsam, fast scheu.

Mein Ausbleiben in der Nacht mit Herrn Bittermann, die gemeinsame Rückkehr mit der Brötchentüte – ich vermute eine Mischung aus Neugier und Sorge.

Ihr Freund, sagt er, während er den Wein einschenkt, sollte Sie nicht so lange alleine lassen.

Und Ihre Frau sollte Sie nicht alleine in den Urlaub schicken.

Wissen wir jetzt mehr voneinander? Vielleicht das Wesentliche. Wir sind frei.

Ich trinke viel und schnell. Und ich rede viel und schnell und gebe alles weiter, was ich in der letzten Nacht erfahren habe. Gunnar Jannson schenkt Wein nach, fragt nach meiner Gefühlslage, und ich zucke mit den Schultern, schüttele den Kopf und sage, dass sich in mir etwas zusammenbraut, von dem ich nicht weiß, was daraus am Ende wird. Und wie ich diese diffuse Mischung aus Überraschung, Enttäuschung, Verständnis, Angst vor dem Gespräch mit meiner Schwester Judy, vielleicht sogar Neid auf das Glück meiner Mutter, nennen soll. Vielleicht: Traurigleidvollneidische Angstenttäuschung?

Das, sagt Gunnar Jannson, erinnere ihn an die Anfänge der Wetterkunde, in der man für das, was die Menschen beobachteten, erfuhren und erlitten, noch keine Sprache hatte und das altgriechische Wort Meteorologie benutzte, was »Untersuchung der überirdischen Dinge« bedeutete, und man die bedrohlichen Wetter: Orkane, Taifune, Sturmfluten, Donner und Blitze, »von Gott dirigierte Stimmungsmusik« nannte. Die ersten Forscher kannten keine Cirren und keine Cumuli, sie nannten die Wolken Himmelszitzen und Wolkeneuter, und so käme ihm mein Bericht vor: nicht überirdisch, aber eine Wucht geballter Gefühle, ähnlich einer nicht verstandenen Wetterlage. Und so hätte ich im Augenblick auch keine Sprache für die Geschichte, die ich in der Nacht von Herrn Bittermann erfahren hätte. Sein Rat: es wie die alten Griechen zu machen. Forschen mit Ruhe und Geduld.

Ich träume in dieser Nacht von Warm- und Kaltfronten, vorbeiziehenden Schleierwolken, umlaufenden Winden, Stürmen als Gottesgerichten, und als ich endlich sicher bin, von einer dicken weißen Wolke um die Welt getragen zu werden, klingelt der Wecker, löst sich die Wolke auf und lässt mich in einen Tag aus Blei fallen. Ich stelle mich unter die kalte Dusche, bis ich friere. Frieren macht wach. Ich sehe in den Spiegel und schnell wieder weg. Nur Maulwürfe haben kleinere Augen als ich an diesem Morgen.

Zwei Scheiben Schwarzbrot, Milchkaffee, zwei Eier im Glas. Hat mich der Wetterfrosch zum Abschied in den Arm genommen? Duzen wir uns? Wer hat aufgeräumt? Wer den Frühstückstisch gedeckt? Wenn ich das wüsste.

Beim Zählen der Klingeltöne sehe ich sie vor mir, meine Schwester Judy: helle Haare bis zur Schulter. Kostüm, Bluse, Stöckelschuhe. Dezent geschminkt bis auf den Mund. Der ist knallrot. Sie steht in einem großen, hellen Büro im vierten Stock eines imposanten Altbaus in der Hamburger Innenstadt. Vor der Tür ein blank poliertes Firmenschild: Dr. Dr. Ole Müller-Merle. Patentrecht. Meine Schwester ist die rechte Hand eines Patentanwalts und hat, darauf ist sie stolz, ihrem Chef noch nie eine Überstunde berechnet. Mit weniger Angst vor Prüfungen und Prüfern hätte sie selbst Anwältin werden können. Diese Arbeit und dieser Mann sind ihr Leben. Er hat sich in ihre Augen verliebt, um die ich sie beneide. Meine, wie die meiner Mutter, sind schwarz wie Kirschen, ihre sind das Erbe unseres Vaters: hellgrün, fast durchsichtig, wie ein Bergsee am Morgen. Meine Schwester ist die Geliebte ihres Chefs und hat nicht vor, das zu ändern. Er stellt ihr jede Woche eine Rose auf den Schreibtisch und verbringt mehr Zeit mit ihr als mit seiner Familie. Was weiß Judy vom Leben unserer Mutter? Nach dem fünften Klingeln springt der Anrufbeantworter an. Die kühle Stimme meiner Schwester sagt: Anwaltsbüro Müller-Merle, guten Tag, Sie rufen außerhalb der Dienstzeit an. Ich sage: Judy, wenn du im Büro bist, geh dran, bitte, es ist wichtig …

Ich habe keine Vorstellung davon, wohin uns dieses Gespräch führt. Was soll ich sagen, was wird sie sagen? Ich weiß es nicht. Ich sehne mich nach Nähe, Verständnis, nach dem Versuch, gemeinsam darüber nachzudenken, was zwei Töchtern zugestoßen ist, deren Mutter ihnen den Freund und damit viele Jahre ihres Lebens verschwiegen hat. Zwei, die sich vielleicht dennoch darüber freuen können, dass es im Leben der Mutter jemanden gibt, der sie liebt, dem sie vertraut und alles anvertraut hat, was sie ihren Töchtern nicht sagen konnte. Ich brenne darauf, von der langen Nacht mit diesem Mann zu erzählen, und als sie endlich den Hörer abnimmt, überfalle ich sie ohne Begrüßung: Judy, stell dir vor – unsere Mutter hat seit sechzehn Jahren einen Freund, wusstest du das? Jons heißt er, Jons Bittermann, ein kurioser Mensch aus Bremen. Kaffeeadel. Kennst du den?

Es ist still in der Leitung.

Ich stehe im Büro der Pension und sehe durch das offene Fenster in den Garten. Der Kater des Nachbarn schleicht geduckt durch das Gras. Wenn er meine Vögel frisst, vergifte ich ihn. In den Liegestühlen döst das getrennt schlafende Ehepaar. Oma Ly spricht mit Jons Bittermann, was mich nicht mehr wundert. Natürlich kennen die beiden sich. Achim und Klaus-Dieter kommen barfuß und mit Sonnenbrand vom Strand zurück. Ich freue mich über den Urlaubsfrieden der Gäste »meiner« Pension.

Judy, bist du noch da?

Stille. Als wäre meine Frage in einen Brunnen gefallen. Ich sehe meine Schwester vor mir, warte auf eine Antwort, höre sie atmen und versuche, das Schweigen zu deuten.

Judy?

Erst nach diesem Gespräch weiß ich, dass sie gerade tief Luft holt für einen Anfall aus Wut und Enttäuschung. Sie ist nicht so sehr empört über die Tatsache, dass unsere Mutter einen Freund hat – von ihr aus hätte sie sich mit Marlon Brando verloben können –, sie platzt vor Wut über so viele Heimlichkeiten. Sie schreit:

Sie hätte es sagen müssen! Wir sind ihre Kinder! Warum hat sie … ich versteh das nicht!

Sie wird ihre Gründe haben.

Was für Gründe?

Meine Schwester hat jetzt etwas Schneidendes in der Stimme: Schweigen ist stummes Lügen! Sie hat uns betrogen!

Ihre Stimme ist schrill vor Wut. Auch ich bin

verblüfft, enttäuscht, traurig, aber in meiner diffusen Gefühlslage kann ich Wut nicht entdecken.

Was meinst du – um was hat sie uns betrogen?

Das fragst du? Das ist doch klar: Sie hat uns ihr Vertrauen … was weiß ich … entzogen, versagt, verweigert. Wenn sie uns diesen Typen verschweigt, dann unterschlägt sie uns einen Teil ihrer Geschichte und damit ihrer Person.

Welchen Teil?

Den Teil der Mutter, die einen Freund hat. Der fehlt uns. Darauf können wir nicht reagieren, und damit ist sie eine … wie soll ich sagen … unvollständige Mutter, eine Art Krüppelmutter.

Judy, du spinnst!

Langsam beginne ich mich über meine Schwester zu ärgern. Ihr Ton ist beleidigt und rechthaberisch, so habe ich mir unser Gespräch nicht vorgestellt. Sie hatte schon als Kind dieses Kläffen in der Stimme, wenn sie fand, sie sei ungerecht behandelt worden. Es bohrt sich in meine Ohren, rutscht in den Magen, macht meine Sätze böse.

Wenn das stimmt, dann bist du die unvollständige Tochter einer unvollständigen Mutter – oder weiß sie von dir und Müller-Merle?

Das geht sie nichts an!

Wieso nicht?

Weil es nicht das Gleiche ist.

Wo ist der Unterschied?

Muss ich nicht begründen. Ich fühl das. Also: Warum hat sie nie etwas gesagt?

Vielleicht … Angst, dass wir sie auslachen?

Quatsch!

Scham vielleicht. Mütter und Sex denkt man sich eher nicht zusammen.

Wieso denn Sex?

Siehst du! Wir haben auf Marmeladengläser Etikette geklebt und Himbeere draufgeschrieben, Pflaume, Apfelgelee, und auf die Mutter haben wir das Etikett »Mutter« geklebt.

Ist sie ja auch!

Aber nicht nur – mit einem Mann ist sie plötzlich Freundin, Verliebte, Geliebte. In der Rolle haben wir sie nie erlebt …

Ich erzähle ihr vom Besuch bei unserer schlafenden Mutter und dass ich beim Betrachten ihres Gesichts dachte, dass ihr Schweigen vielleicht kein Verschweigen, sondern ein Schweigen ist, mit dem sie ihre Liebe beschützen wollte.

Vor wem denn beschützen?

Vor uns. Sie wollte die Liebe nicht infrage stellen lassen und auch nicht verteidigen müssen –

Meine Schwester nennt mich eine langweilige Allesversteherin, ich sie eine dogmatische Ignorantin, und so gleicht unser Gespräch dem Lauf durch einen Irrgarten. Hier ein Pfad, der zu nichts führt, und dort eine Mauer und kein Ausgang in Sicht.

Wir reden und schweigen und verknoten uns, und als ich endlich begreife, dass man niemandem, der sich betrogen fühlt, dieses Gefühl ausreden kann, haben wir uns längst zwischen den unverdauten Krümeln unserer Kindheit verirrt.

Wieso erzählt er *dir* die Geschichte!

Wem sonst! Wer serviert denn hier morgens um sieben mit guter Laune und albernen Schlagern fremden Leuten das Frühstück? Du oder ich?

Ich habe Verantwortung, sagt sie schnippisch. Es geht hier manchmal um Millionen … ich kann nicht einfach aus dem Job springen, ich sitze …

Genau! Du sitzt auf dem Schoß deines Patentanwalts, und ich steh im Keller an der Bügelmaschine.

Als in der Leitung zwischen der Pension »Ebbe und Flut« und der Kanzlei Dr. Müller-Merle kein guter Ton mehr zu finden ist, geht es schon lange nicht mehr um den verschwiegenen Freund. Wenn man solche Gespräche doch begraben könnte! Loch schaufeln, rein damit, Erde drauf und aus der Welt. In ein Schweigen, das nicht enden will, legen wir langsam und leise den Hörer auf. Wie auf Zehenspitzen.

Vielleicht ist es das Gespräch mit meiner Schwester gewesen, das mich eine Woche später wie ein heimlicher Wegweiser auf das Interview mit einer Psychologin gestoßen hat, das ich ohne unseren Streit übersehen hätte. Sie vertrat Thesen, die meiner Schwester in gewisser Weise recht gaben.

An einem Tag, von dem ich weiß, dass sie nicht im Büro ist, sage ich die wichtigsten Sätze aus diesem Interview ihrem Anrufbeantworter: Schweigen ist für die Familie wie eine Hintergrundmusik, zu der alle ihren schmerzhaften Tanz tanzen. Es ist eine Musik voller Geheimnisse und Lügen, wobei die Tänzer die Melodie, zu der sie sich bewegen, oft gar nicht kennen.

Und dann sage ich: Judy, die bösen Worte tun mir leid.

Was hatte Ute, die Gute, mir empfohlen? Kein Stress, meine Liebe. Schreib Tagebuch, schick mir deine Notizen, deine Gedanken, und dann sehen wir weiter. Und weil zur Beschreibung meiner Arbeit auch die Landschaft gehört, in der ich als stellvertretende Pensionswirtin funktioniere, sammle ich früh am Morgen, bevor ich die Brötchen hole, alles, was es hier zu sehen, zu hören, zu riechen, zu fühlen und zu denken gibt. Dramatische Sonnenaufgänge. Wütende Wellen und glucksendes Wattenmeer. Ich notiere das Tuscheln und Kichern winziger Schnecken und die Stimmen der Vögel. Ihr Krächzen und Pfeifen, ihr Schreien und Jubilieren. Ich lasse mir von stürmischen Böen die Haare verknoten und mich vom Deich pusten. Ich pumpe mich jeden

Morgen mit salziger Luft voll und denke an die dick unterstrichenen Sätze aus einem Buch, das ein Gast zurückgelassen hat. Für den Autor, Jules Michelet, hatte das Meer eine Stimme, und er verstand, was das Meer ihm sagen wollte: *Morgen vergehst du, doch ich vergehe nie. Deine Gebeine werden in der Erde ruhen, doch ich werde majestätisch und unberührt mein großes, gleichmäßiges Leben weiterführen.*

Ich hätte mir diese Sätze nicht einprägen dürfen. Jede große Welle gleicht einer Drohung: *Morgen vergehst du …*

Aber dann, an einem windstillen Morgen, höre ich, wie eine kleine, unscheinbare Welle flüstert: *Auch wenn du morgen vergehst, freu dich heute über das Leben, was immer es dir beschert.*

Mein erster Versuch, das Leben mit der Botschaft der kleinen Welle zu betrachten, ist eine Herausforderung. Sie wollen mit mir reden. Er und sie. Und während ich noch darüber nachdenke, wie ich mich verhalten soll, sitze ich schon im Café des Krankenhauses zwei Menschen gegenüber, die ich zwar kenne, aber zusammen noch nie gesehen habe. Ein Paar. Was immer ich vor diesem Treffen phantasiert habe, natürlich wirken die beiden nach so vielen Jahren vertraut, und ich bin die Fremde in der Beziehung. Wir trinken Kaffee, essen Kuchen, und ich spreche mal mit meiner Mutter und mal mit ihrem Freund und finde keinen Ton, der für beide passt. Muss ich auch nicht, denn sie erscheinen mir hier nicht als Liebespaar, sondern als zwei Menschen, die mit mir etwas besprechen wollen. Wir gehen durch den Park, sie nehmen mich in ihre Mitte. Sie reden nicht lange um den heißen Brei herum, nennen die Zeit meiner Mutter nach ihrer Entlassung aus dem Krankenhaus auch nicht mehr Rehabilitation, sondern Kur. Eine schöne, lange, drei- bis vierwöchige Kur. In einer guten Klinik im Schwarzwald, in der meine Mutter sprechen trainieren soll und lernen, die Angst vor einem nächsten Schlaganfall abzubauen. Kraft schöpfen. Gesund werden. Er wird sie begleiten.

Sie haben gesehen, dass ich bei der Dauer der Kur zusammengezuckt bin. Freu dich über das Leben, was immer es dir beschert? Ich wiederhole die Zahl wie einen endlosen Seufzer.

Vier Wochen?

Sie haben mit meinem Schrecken gerechnet und machen mir, wie in guten Mafia-Filmen, ein Angebot, das ich nicht ausschlagen kann. Sie wollen mir einen Wunsch erfüllen, einen Wunsch ohne Obergrenze. Was ist ein Wunsch ohne Obergrenze? Einer, sagen sie, der nicht nur meiner tatsächlichen Leistung entspricht, die sie zusätzlich großzügig honorieren wollen, sondern vor allem meine selbstlose Bereitschaft anerkennen soll, aus einem vertrauten in ein fremdes Leben zu springen. Sie wollen mir alle Zeit schenken, die ich brauche, um das nächste Filmprojekt zu realisieren: Zeit zum Denken. Zeit zum Schreiben. Zeit zum Reisen. Zeit zum Nichtstun, was immer dafür nötig ist. Ohne Sorge ums Geld. Ihre Idee? Seine? Oder ist das die Idee zweier Menschen, die mir als Paar noch fremd sind?

Ich bin gerührt, einerseits – andererseits wird meine Sehnsucht nach dem eigenen Kiez kein bisschen kleiner. Also noch einmal vier Wochen, Morgen für Morgen: Guten Morgen, liebe Gäste. Freu dich des Lebens …

Erst am Abend auf der Terrasse fällt mir auf, dass sie mich nicht wirklich gefragt haben, ob ich in der Pension weiter die Chefin sein möchte. Und wenn nicht?

Ich bin nicht selbstlos, ich kann nur nicht Nein sagen, und meine Mutter weiß das.

Gegen Mittag begrüße ich einen neuen Gast. Er parkt seinen Wagen, einen gepflegten alten Opel Kapitän, vor der Haustür. Er steigt aus, beugt sich in den Wagen, nimmt den Koffer vom Rücksitz, stellt ihn auf die Straße, schließt den Wagen ab, alles ganz langsam, genießt seinen ersten Urlaubstag. Ein untersetzter Mann, nicht dick, eher kompakt. Anzug, Schlips, Jackett, die dunkelbraunen Haare straff aus dem Gesicht gekämmt, eine hohe Stirn. Eine angenehme Erscheinung und neu in der Pension »Ebbe und Flut« – mein erster »eigener« Gast. Er heißt May, Conrad, May wie der Monat, nur mit Ypsilon.

Ich begleite ihn durch den Garten ins Hinterhaus, steige vor ihm die Treppe hoch, zeige ihm sein Zimmer. Ja, so hatte er sich das vorgestellt. Klein, gemütlich, ein langer Blick über die Weiden, die Kühe, die Schafe.

Es gibt in diesem Zimmer zwei Puppen ohne Haare. Sie gehören zu der Gruppe, die ich mit Esveranka getauft habe. Aggi und Bogdana, für die Esveranka ein kariertes Kopftuch und eine Schirmmütze genäht hat. Conrad May ist der erste Gast, der fragt, ob diese Puppen Namen haben. Ja, sage ich, soll ich sie wegnehmen? Nein, er lacht, er sei gerne von kleinen Mädchen umgeben. Und in den Zimmern nebenan, sage ich, wohnen auch nur Frauen. Das sei ihm recht. Sehr recht sogar, Frauen seien amüsanter als Männer. Die Antwort hätte von meinem Vater sein können. Ich frage nach den Frühstückswünschen. Eine große Kanne Kaffee ohne Milch und Zucker, eine Scheibe Schwarzbrot mit zwei Rühreiern auf gekochtem Schinken, geht das?

Er lässt sich die Putzmittelvorräte zeigen. Er will sein Zimmer selber sauber machen, ob mir das recht sei? Was soll ich sagen? Sehr!

Trotzdem schaue ich mir in seiner Abwesenheit das Zimmer an. Kein Fleck am Spiegel, keine Haare im Waschbecken, kein Sand auf dem Teppich. Conrad May ist der perfekte Gast. Fünfzig Jahre alt. Lehrer an einer Blindenschule. Ich sehe mich um. Zimmerlesen will gelernt sein, und ich bin noch immer Anfängerin und vorerst nur Sammlerin von Details. Er putzt seine Zähne elektrisch. Er benutzt Zahnsalz. Sein Zimmer riecht nach Maiglöckchen. Er hat drei Wochen Urlaub gebucht, eine große Auswahl weißer Hemden mitgebracht, fünf bunte Schlipse, einen weißen Bademantel mit seinen Initialen auf dem Rücken: C. M. Er trägt Hosen und Jacketts aus Cord. Sein langes weißes Nachthemd hat er gefaltet unter das Kopfkissen geschoben. *Bald zu Bett geht Onkel Fritze mit der spitzen Zipfelmütze.* Aber der Mann ist keine Wilhelm-Busch-Gestalt. Auf dem Tisch liegt ein Buch über die Träume blinder Kinder. Ergibt das eine Geschichte? Wirst schon sehen.

Für diesen Gast bin ich nicht die Vertretung meiner Mutter, sondern die Chefin der Pension »Ebbe und Flut«.

Am Nachmittag fragt mich Emilya, ob ich Lust hätte, mit ihr das Grab meines Vaters zu besuchen, sie wäre schon lange nicht mehr dort gewesen und wann ich das letzte Mal … Ich? Ich habe seit der Beisetzung des Zinksarges nicht einmal daran gedacht, dorthin zurückzukommen. Lieber träume ich von lebenden Menschen, als an Grabsteinen vorbeizulaufen, die mich zwingen, mir das Liegen unter der Erde vorzustellen.

Den alten Friedhof hinter den Feldern hat die Gemeinde vor zehn Jahren geschlossen. Sie haben die Eingänge zugemauert, man kann ihn nur noch durch eine kleine eiserne Pforte betreten – schließlich müssen ja auch die »alten« Toten Besuch bekommen dürfen. Auch meine Mutter ist hier, soviel ich weiß, nur noch einmal gewesen, als nach einem Jahr der Grabstein aufgestellt wurde.

Über dem Ort liegt eine tiefe Stille. Ist das die ewige Ruhe, die man den Toten wünscht? Aber totenstill ist es nicht. Auf dem Kopf eines Engels sitzt eine Amsel und singt. In den Bäumen zwitschern Spatzen. Ein Eichhörnchen flitzt am Stamm hoch und verschwindet in den Wipfel einer alten Kastanie, ein Kaninchen erschrickt vor unseren Schritten und flieht. Wir dringen in eine Gemeinschaft ein, die mit den Toten lebt und mit lebendigen Menschen nicht rechnet. Wir stören in einer Welt, die ohne uns auskommt.

R. I. P. steht auf vielen Steinen, Requiescat in pace, ruhe in Frieden. Rundherum Verfall. Gräber sind eingesunken, die Särge zerfallen, von Würmern zerfressen wie die Menschen. Nur den Zinksarg meines Vaters werden sie nicht schaffen – aber wo finden wir sein Grab auf einem Friedhof, auf dem es kaum noch Wege gibt? Wir setzen uns eine Weile auf eine verwitterte Bank. Schön ist es hier –, aber ich bin froh, dass ich nicht alleine bin. Nichts würde mich jetzt mehr erschrecken als ein Mensch. Auf der Rückseite eines Grabsteins entdecken wir eine Inschrift, mit deren Botschaft sich Emilya anfreunden könnte: *It's only Rock 'n' Roll.*

Wir gehen zum Ausgang zurück und versuchen, den Weg zu rekonstruieren, den wir damals gegangen sind. Eine Weile geradeaus, dann ein paar Schritte nach rechts – und da steht er, der Grabstein, den meine Mutter ganz alleine ausgesucht hat: grob, gedrungen, backsteinrot, wie aus einem Steinbruch gehauen. Fast zugewachsen. Ich schiebe die Gräser zur Seite wie lange Haare aus einem Gesicht: Der Name meines Vaters. Kein Geburtsdatum, kein

Todesjahr. Nur: Punkt. Strich. Punkt. Punkt. Unauffälliger kann eine Liebeserklärung nicht sein. Inniger auch nicht. Ich erinnere mich nicht, Emilya damals unter den Trauergästen gesehen zu haben. Ich habe an diesem Tag Hände geschüttelt, Beileidsgemurmel entgegengenommen und mir kein Gesicht gemerkt.

Weiß Emilya, was damals in Spanien passiert ist? Nicht genau. Sie stellt es sich so vor: Er landet am 24. Juni 1967 in Palma de Mallorca. Er mietet ein Auto, kauft eine Landkarte, vielleicht Brot und Salami und fährt an die Ostküste. Hier gibt es drei Objekte, die ihn interessieren. Sein erstes Ziel ist ein Örtchen mit dem Namen Cala Ratjada in der Gemeinde Capdepera. Die Besitzer sind Deutsche, die für sich und ihre Kinder ein größeres Objekt suchen. Er ist sofort vernarrt in dieses Haus, beschreibt es meiner Mutter am Telefon: ein Garten mit Bäumen, an denen Apfelsinen und Zitronen hängen – ein Geruch, in dem du baden möchtest. Und das Haus: Wie die Spanier so bauen! Wundervoll! Kein enges Treppenhaus, kein Flur, eine große Eingangshalle mit offenem Kamin und auf dem Boden rote Fliesen. Ein Schritt über die Schwelle, und du bist mitten im Urlaub. Nur zehn Minuten zum Strand. Das Haus ist grün, die Farbe blättert, wenn du willst, streichen wir es weiß oder gelb oder blau.

Für meine Mutter erfüllt sich ein weiterer Traum. Sie hat eine Familie, zwei erwachsene Töchter, ein Eigenheim, einen Mann, der gut verdient, und jetzt noch ein Haus in Spanien. Sich satt essen dürfen an Zitronen und Apfelsinen. Sich vollsaugen mit Gerüchen. Will der liebe Gott wiedergutmachen, was er sie an Leid hat sehen lassen? Gibt es doch Gerechtigkeit?

Hat meine Mutter ihrer Freundin von diesem Gespräch erzählt? Nein, sagt Emilya, sie habe es sich aber vorstellen können. Eine schlechte Telefonverbindung zwischen Mallorca und Deutschland. Schwimmen gehen, schreit er in den Hörer. Schläfchen am Strand. Vertrag unterschreiben. Meld mich. Und was sagt sie? Sie weint vor Glück.

Und dann?

Dann geht er zum Strand. Er ist ein guter Schwimmer. Das Meer ist blau wie der Himmel. Er zieht sich aus. Hat da jemand gerufen? Er spricht kein Spanisch. A propio riesgo! Auf eigene Gefahr! Das Schild hat er nicht gesehen und wenn, hätte er es nicht verstanden. Er springt ins Wasser, schwimmt. Wenn Glück sichtbar wäre, würde er jetzt leuchten. So könnte es gewesen sein.

Und dann?

Einem Urlauber am Strand fällt irgendwann auf, dass der Mann nicht mehr schwimmt. Er treibt auf den Wellen. Ruht er aus? Spielt er »toter Mann«?

Der Mann am Strand heißt Heinrich Kübler. Bäckermeister aus Worms. Ruft er? Winkt er? Wie lange beobachtet er den Mann auf dem Wasser? Zu lange. Er verständigt den Kaufmann im Ort. Der ruft die Polizei. Die weiß, was zu tun ist. Es ist nicht der erste Tote in dieser Bucht. Nicht umsonst die Warnung. A propio riesgo! Die Wellen sind kräftig. Im Wasser ist feiner Sand. Wer Wasser schluckt, schluckt auch den feinen Sand.

So hat sie es sich nach den wenigen Informationen, die ihr meine Mutter gegeben hat, vorgestellt: Mein Vater treibt einsam auf einem blauen Meer unter einem blauen Himmel. Der Sand hat ihm die Kehle verstopft. Er ist erstickt.

Der Bäckermeister ist nicht zum Strand zurückgekehrt. Die Polizei ist verständigt worden, der Notarzt alarmiert – der Zeuge wird nicht mehr gebraucht, die Maschinerie läuft. Er ist der letzte Mensch, der meinen Vater lebend gesehen hat.

Ich kratze mit dem Fingernagel das Moos aus einem Strich und drei kleinen Punkten auf dem Grabstein meines Vaters.

Und wenn es ganz anders war?

Was denkst du?, fragt Emilya.

Ich denke nicht, ich träume.

Er landet in Palma de Mallorca. Er kauft Salami und Oliven. Er fährt mit dem Mietwagen nach Cala Ratjada. Das Haus gehört einer Spanierin. Sie ist jung. Sie ist schön. Sie heißt Juanita. Er verliebt sich sofort. Was ihm dann widerfährt, ist kürzer als ein Gedanke und heftig wie ein Blitz: Ein anderes Leben beginnen. Jetzt. Hier. Ganz neu. Ganz fremd. Ein spanisches Leben mit Apfelsinen und Zitronen und dieser Frau. Aus dem routinierten Vertreter- und Familienleben verschwinden.

Er geht schwimmen. Lässt sich von der Strömung treiben. Wartet, bis der Mann vom Strand verschwindet, lässt seine Kleidung am Strand zurück, nimmt nur das Geld und schleicht sich als Geliebter von Juanita in meine Träume von einem grünen Haus und einem lebendigen Vater.

Emilya nimmt mich in den Arm, lässt mich lange nicht los, jetzt heulen wir beide. Vielleicht war es so, sagt sie, lass es uns einfach glauben. *It's only Rock 'n' Roll.*

Wir fahren zur Pension zurück. Je näher der Bus der Station kommt, an der wir aussteigen müssen, desto sicherer weiß ich, dass meine Traurigkeit, ausgelöst durch die Einsamkeit auf dem verlassenen Friedhof, auch Heimweh ist. Ich sehne mich nach meinem Leben in Frankfurt. Ich vermisse meine Freunde. Mehr als das. Ihre Abwesenheit macht mich unsicher. Sie wissen, wo ich bin, ich bin zu erreichen, und dennoch habe ich Angst, in ihrer Erinnerung zu verblassen wie ein Buch, das zu lange in der Sonne liegt. Am Telefon halten wir uns auf dem aktuellen Stand der wichtigen Dinge: die Liebe. Die Arbeit. Hoffnungen, Enttäuschungen, die Chancen unserer Ideen. Einem Freund, der Komödien schreibt, ist gesagt worden, ein Projekt sei wie ein Schiff, dümpele es erst einmal, würde es auch sinken.

Und wann dümpelt ein Projekt?

Wenn es zu lange auf einem Schreibtisch hin und her geschoben wird. Wenn es den Charme des Neuen verliert. Wenn es zum Schreibtisch gehört wie der Locher und der Anspitzer, Gegenstände, die du gar nicht mehr siehst.

Ach, wie gerne wäre ich wieder in der Welt der Freunde und Kollegen. In meiner Pensionswelt wird auch viel geredet, aber nicht mit mir und nicht über das, was mich interessiert. Eine Freundin bietet an zu helfen. Bloß nicht! Bis du putzen und bedienen gelernt hast, bin ich wieder bei euch. Sammle schöne Geschichten, hat sie mir geraten, gibt es Dramen in der Pension, Komödien?

Ist ein verschwiegener Geliebter der Mutter ein Drama oder eine Komödie?

Geht beides. Ein Toter wäre gut.

Kein Problem.

Und Liebe? Gibt es Liebe?

Die Andeutung einer Liebesgeschichte – reicht das?

Kommt drauf an.

Ich liebe diese Gespräche, die Stille in der Leitung, wenn einer über die Sätze des anderen nachdenkt und nach einer Weile fragt: Bist du noch da? Zwei Stimmen, die sich begegnen. Nur Sprache, Töne und Tonfälle. Ein langes Telefongespräch ist wie ein Duett.

Am Abend sitze ich allein auf der Terrasse. Ich spüre die Nähe der Eule, sehe sie aber nicht. Die beste Therapie gegen den Heimweh-Blues wäre das rasche Ende meiner Zeit in der Pension. Ich höre das Flüstern der kleinen Welle: *Freu dich heute über das Leben, was immer es dir beschert.* Vier Wochen sind eine Ewigkeit.

Die Gäste sind am Strand, es ist ruhig in der Pension. Ich bringe der Nachbarin zwei Pakete, die ich angenommen habe, sage, die Mutter sei auf dem Wege der Besserung, gratuliere ihr zum Aufstieg ihres Sohnes zum Filialleiter bei Edeka und versuche, ihre Frage nach eigenen Kindern so zu beantworten, dass mir ihr Bedauern erspart bleibt. Gelingt nie. Ich muss den mitleidigen Blick der Mutter für die Nichtmutter mit in diesen Tag nehmen. Nein, ich habe keine Kinder. Aber eine Eule im Holunderbaum.

Ich habe mir angewöhnt, gegen elf Uhr mit Mr. Bitterman zu frühstücken. Wir sind freundlich und ein wenig vorsichtig miteinander, vielleicht, weil er

Fragen erwartet, vielleicht, weil ich sie nicht stelle. Wenn er das Haus verlässt, weiß ich nie, wohin er geht: Ins Krankenhaus oder ans Meer, setzt er sich in irgendeinen Strandkorb und liest, schläft oder denkt er über eine Zukunft mit meiner Mutter nach? Es hat sich ohne viele Worte ergeben, dass ich mich seinen Wünschen füge. Für meine Besuche im Krankenhaus ist der Abend vorgesehen, er geht, wann er will.

Ich putze an diesem Morgen meine eigenen vernachlässigten Räume so gründlich wie die Zimmer der Kurgäste. Systematisch wie Esveranka, von oben nach unten. Ich fege Spinnweben von den Decken, wische Staub von Schränken, Tischen und Stuhllehnen, scheuere das Waschbecken und die Dusche im Keller, sauge Teppichböden, reibe mit einem feuchten Tuch über Fensterbänke und Bücherregale, bin die Solistin aus dem Putzballett. Der rechte Arm steht in der Luft, bereit, auch verstaubte Bilderrahmen zu polieren – und findet keine. Seltsam. Es gibt in der Wohnung kein Bild von mir, kein Bild von meiner Schwester, vor allem aber: kein Bild mit dem Gesicht meines Vaters. Im Wohnzimmerschrank liegen Fotoalben, aber man muss sie aus der Schublade nehmen und aufschlagen, um sich die Bilder anzusehen, während man doch einem Bild in einem Rahmen im Vorübergehen zulächeln könnte. Braucht meine Mutter keine Erinnerungen, oder will sie sich nicht erinnern? Vielleicht lehnt sie eingerahmte

Gesichter ab? Wer weiß, wozu so ein eingepferchtes Gesicht imstande ist?

Systematisch, als ginge es um die Aufklärung einer Straftat, beginne ich, nach einem Bild meines Vaters zu suchen, einem Foto ohne Rahmen, das sie vielleicht im Wäscheschrank zwischen die Betttücher geschoben hat, um hin und wieder einen kurzen Blick darauf zu werfen, und es dann, bevor es anfängt, mit ihr zu sprechen, schnell wieder zudecken kann.

Es ist ein merkwürdiger Tag. Ich suche nach etwas, was es nicht gibt, und finde etwas, wonach ich nicht gesucht habe. Fünfzig Mark zwischen gebügelten Kopfkissen. Drei Zwanziger unter den Handtüchern. Es ist wie Ostereier suchen, nur dass niemand »kalt« oder »warm« oder »heiß« ruft. Platz für Geldscheine gibt es überall. Unter Einmachgläsern, in der Werkzeugkiste, in Tassen, unter Tellern, in Schubladen. Ich nehme Bücher aus dem Regal und schüttele sie. Aus »Götter, Gräber und Gelehrte« flattern fünfzig Mark, aus einem Buch über Muscheln fallen zwei Fünfziger, in der alten Bibel, zwischen den Klageliedern des Jeremias, finde ich drei zerknitterte Fünfer. Und als ich am Abend ein Schnitzel aus der Tiefkühltruhe hole, finde ich einen eiskalten, steif gefrorenen Hundertmarkschein, den ich zum Auftauen behutsam auf ein Geschirrhandtuch lege, damit er nicht splittert.

Ich habe dreihundertfünfundsiebzig Mark gefunden. Vor wem versteckt meine Mutter Geld im Haus? Und warum? Sie hat zwei Bankkonten, warum noch eine private Sparkasse? Weiß sie überhaupt, wo sie wann welchen Schein deponiert hat? Ich stecke das Geld in einen Umschlag und fahre, ohne mich anzukündigen, ins Krankenhaus. Ich bin stolz wie ein Goldgräber, der nicht erwarten kann, mit seinem Schatz zu protzen.

Der Pförtner kennt mich, und ich kenne mich aus. Über den Hof, ein paar Schritte durch den Park, dann hinter dem Torbogen rechts, Haus 2 A, zweiter Stock, nun also Zimmer 11. Ich bin diesen Weg schon so oft und immer zügig gegangen und bleibe an diesem Tag nur stehen, um zu sehen, wer oder was dort im Park so jämmerlich jault. Ein Mann schleift eine Leine hinter sich her, an dessen Ende eine Kreatur hängt, die sich weigert, ihm zu folgen. Sie ist einem fetten Kaninchen ähnlicher als einem Hund. Hellbraun, mit langen Ohren, sanften Augen und viel Kraft. Der Mann trägt ein bodenlanges Gewand, das wie ein Nachthemd aussieht. Seinen Kopf hat er mit einem karierten Taschentuch bedeckt. Weil das Gespann eher in die Psychiatrie als zu diesem Krankenhaus passt und er vielleicht Hilfe braucht, setze ich mich auf eine Bank und warte, was weiter geschehen wird.

Und dann sehe ich: sie und ihn. So, wie ich die

beiden noch nie gesehen habe. Er hat den Arm über ihre Schulter gelegt wie einen Schal, sie trägt eine leichte Leinenhose und eine hellblaue Bluse, fließend wie Seide. Beide Teile habe ich ihr nicht gebracht, so schöne Dinge besitzt sie gar nicht. Wozu müssen Pensionswirtinnen chic sein, sagt sie und trägt ausgebeulte Jeans und bunte Sommerblusen.

Die beiden bummeln besinnlich durch den Park, scheinen allein auf der Welt zu sein. Ihre Gesichter sind entspannt. Manchmal lachen sie. Ich sehe nicht: meine Mutter, Speedy Gonzales, die schnellste Maus von Mexico. Ich sehe nicht den Kurgast aus dem Keller. Ich sehe zwei glückliche Menschen. Da geht vor mir im Park die Liebe spazieren.

Ich gönne ihnen das Glück, auch wenn mich die große Ruhe, die das Paar umgibt, noch einsamer macht. Bin ich neidisch? Oder nur traurig? Wie gerne hätte ich einen Mann, mit dem ich eine solche Einheit bilden könnte. Kann man so einen suchen? Wo? Und sollte es irgendwo einen Mann geben, der sich auch nach einer solchen Liebe sehnt, wie kann er mich finden?

Die beiden Menschen, die sich langsam von mir entfernen, haben nicht aufeinander gewartet, sich nicht gesucht, sie sind sich einfach begegnet. Zufall? Kann man auf den Zufall warten? Und wenn er vor mir steht – erkenne ich ihn dann? Ich halte den Zufall für einen listigen Kauz. Er kündigt sich nicht an, kommt, wann er will, man hört ihn nicht, man sieht ihn nicht, er schleicht sich an und braucht für seine Angebote offenbar lange Vorgeschichten. Bevor er meiner Mutter Mr. Bitterman bescherte, musste mein Vater nach Spanien fliegen, Häuser besichtigen, in einer gefährlichen Bucht schwimmen, Wasser schlucken und ersticken. Sie verdankt ihr Glück einem so großen Unglück, dass ihr die einfache Frage eines Kreuzworträtsels wie ein Vorschlag erschien: Hand an sich legen mit sechs Buchstaben. Und was musste Jons Bittermann geschehen, um sich einer Frau, die nachts allein im Strandkorb saß und weinte, zuwenden zu können? Wie erkennt man sein Glück, wenn der Zufall es schickt? Hoffentlich nicht erst, wenn es sich schon wieder davongemacht hat.

Als das Paar zum zweiten Mal an mir vorbeiflaniert, ohne mich zu sehen, denke ich: Will er sie nach Bremen locken? Und was wird dann aus der Pension? Speedy Gonzales als Gattin eines Kaffeerösters? Ich wette: Sie würde bleiben, wie sie ist. Nur langsamer. Und glücklicher. Meine schnelle Mutter ist von einem Schlaganfall ausgebremst worden und von einem sehr besonderen Mann. Sie erwartet meinen Besuch am Abend, also fahre ich zurück in die Pension.

Meine Mutter hat das Geld nicht versteckt und nicht gehortet. Sie hat nur immer mal wieder – weil der Postbote gerade klingelte, der Nachbar ein Paket abgab, die Heilsarmee sie bekehren wollte oder Urlauber auf der Suche nach einem freien Zimmer vor der Haustür standen – Trinkgelder, Schwarzgelder, Anzahlungen und Einnahmen schnell irgendwo hingesteckt und dann vergessen. Sie will den Umschlag nicht haben. Finderlohn, min Deern, kauf dir was Schönes. Und dann sagt sie, als habe sie das gerade beschlossen: Ich schenk dir das Bild.

Am Abend befreie ich die »Schmerzhaft Ruhende« aus dem Geheimfach und heule, weil mir meine Mutter ein Stück aus ihrer Vergangenheit anvertraut hat. Ich werde sie rahmen lassen, mit in mein Zuhause nehmen und dafür sorgen, dass ihre Zeit im Versteck für immer vorbei ist.

Eine Woche später herrscht mal wieder Abschiedsstimmung in der Pension »Ebbe und Flut«. Für die Gäste aus den Einzelzimmern 1, 2 und 3 ist der Urlaub zu Ende. Geschnatter im Frühstückszimmer: Bis nächstes Jahr! Kommen Sie gut nach Hause! Man schüttelt sich die Hände, wünscht den Bleibenden schöne Urlaubstage. Das Liebespaar vom Dachboden steht mit dem Portemonnaie in der Hand im Türrahmen, sie wollen zahlen. Ich werde umarmt. Machen Sie weiter, Pia. Bleiben Sie uns erhalten. Das haben Sie prima gemacht. Alles Gute für die Mutter. Ich stehe zwischen den Menschen und bin gerührt. Ruhiger Zuschauer dieses Trubels ist der Mann, der jetzt allein am Tisch sitzt und Kaffee trinkt. Jemand sagt: Herr Jannson, wollten Sie heute nicht auch abreisen? Er lächelt und schaut mich an: Bei einem Hoch am Himmel reist man doch nicht ab.

Zwei Taxis fahren vor. Die Koffer werden verstaut, und die Gäste wundern sich, wieso sie mit mehr Gepäck abreisen, als sie mitgebracht haben. Ich kann es ihnen sagen: ein neuer Bademantel aus dem schicken Strandladen, neue Strandsandalen, flauschige Seehundkuscheltiere für die Enkelkinder, ein sperriger Kerzenständer in Form eines Leuchtturmes, ein Schiff in der Flasche. Ich lächele und rufe: Gute Reise und: Ja, ich bleibe der Pension treu und denke: Bloß das nicht. Sie winken mit dem Taschentuch aus den Taxis, ich winke zurück, bis mir der Arm weh tut, und denke: Heute Großputz, morgen neue Gäste.

Ich räume die Tische im Frühstückszimmer ab. Gunnar Jannson hat eine Postkarte gegen seine Kaffeetasse gestellt. *Liebe Pia*, lese ich, *bald reist auch der Gast aus Zimmer 5 ab. Lassen Sie das kein Abschied für immer sein. Auch ich kann Kaffee und Eier kochen und den Frühstückstisch decken. PS: Muss heute Abend zu einem Vortrag über Wattwürmer. Begleiten Sie mich? Und darf ich Sie danach zum Essen einladen?*

Ich lasse mich auf seinen Stuhl fallen und atme tief durch. Dann rufe ich Esveranka an.

Nach der Putzaktion falle ich wie ein Sack aufs Bett, schließe die Augen, würde mich am liebsten in einer menschenleeren Traumlandschaft verstecken. Sechs neue Gäste. Zwei junge Frauen ziehen auf den Dachboden, drei Damen in die frei gewordenen Einzelzimmer, der Mann, der Zimmer 4 gebucht hat, ist der Freund eines Gastes meiner Mutter vor zwei Jahren, sie kennt ihn nicht … wirst schon sehen.

Das Karussell im Kopf ist nicht zu stoppen. Haben wir alle Papierkörbe geleert, alle Fenster geputzt, die Spiegel poliert, die Toiletten geschrubbt, die Dusche, den Duschvorhang, die Badewanne? Haben wir nichts vergessen? Ist alles perfekt? Die Schränke leer und sauber? Esveranka hat mich schon wieder »ergreifend« genannt, weil ich die spitzen Tüten, die neben den Waschbecken hängen, abschaffen will. Sie sind aus Plastik, einem ekligen wachsartigen Material, und dienen der Entsorgung ausgekämmter Haare, die nicht im Ausguss landen sollen. Meine Hände sind rau von Scheuerpulver und Seifenlauge. Kaufen Handschuhe, sagt Esveranka, sonst Hände kaputt. In meinem Rücken steckt ein Messer – oder kündigt sich so ein Bandscheibenvorfall an?

Diese Art von Arbeit hört einfach nie auf. Kaum sind die Fenster geputzt, werfen Wind und Regen neuen feinen Sand gegen die Scheiben. Kaum ist der Staub vom Boden gesaugt, von den Schränken gewischt, die Spinne aus der Ecke gekehrt, legt sich neuer Staub auf Schrank und Tisch und Stuhl, und schon lauert irgendwo eine neue Spinne auf eine ruhige Ecke für ihr Netz.

Mein Bruder heißt Sisyphos. Der durfte nicht aufhören, den schweren Brocken immer wieder bergauf zu stemmen, so wie ich nicht aufhören darf, gegen den Schmutz zu kämpfen. Er hat das Urteil der Götter angenommen so wie ich die Verbannung in eine Pension ohne Meerblick. Wir müssen uns Sisyphos als einen glücklichen Menschen vorstellen, hat Camus geschrieben.

Wenn du das verstehst, Bruder, erklär es mir bitte.

Ich ziehe mich an, als sei ich zum Tanztee gebeten worden, tausche Jeans gegen einen kurzen Rock, föhne Volumen in die Haare, färbe die Wimpern schwarz. Mein sonnenbraunes Gesicht unterstreiche ich mit einem sehr hellen Lippenstift. Das Gehen auf hohen Absätzen will gelernt sein – auch das Ausgehen mit fremden Männern. Ich habe angefangen, seinen zweiten Roman zu lesen, gefasst auf ein schlechtes Buch, zu dem ich etwas Positives hätte sagen müssen, und bin überrascht von starken Bildern und klugen Gedanken. Kein klassischer Krimi, eher eine nachdenkliche Betrachtung über die verschlungenen Wege des Schuldigwerdens.

Auch Gunnar Jannson hat sich gut angezogen. Helle Hose, weißes Hemd, Weste – wir wirken zwischen den Besuchern des Vortrags, die in Badelatschen und Shorts gekommen sind, als hätten wir uns verlaufen. Die Nacken und Arme in den Stuhlreihen vor uns sind krebsrot und sonnenverbrannt. Der Gemeindesaal riecht nach After Sun.

Nach dem ersten Dia ist klar: Ein schönes Tier ist der Wattwurm nicht. Rotbraun, glitschig, augenlos und borstig. Vorne dick und hinten dünn, zwanzig bis vierzig Zentimeter lang, ein ausgewachsener Wurm kann hundert Gramm wiegen, ein Gewicht wie fünf Scheiben Schinken. Wattwürmer sind fleißige Tiere. Ständig verschlingen sie Sand, filtern die Stoffe heraus, die sie ernähren und stoßen den Sand wieder aus. Sie sind Umgräber, erfahren wir, Gärtner, unentbehrliche Arbeiter im Ökosystem Wattenmeer. Nicht nur ich – auch die Wattwürmer der Nordsee leisten Sisyphosarbeit. Jahr für Jahr filtern sie den gesamten Sand des Meeresbodens durch ihre Körper. Sie pflanzen sich bei Vollmond im Oktober fort. Der Wattwurm ist ein Einzelgänger und ein geheimnisvolles Tier. Als Samen ins Wasser gestoßen, muss er sich blind zurechtfinden in der dunklen Welt des Meeresbodens. Ein einsamer Sandfresser, ohne Eltern, unbehütet und verwaist. Ist es dieses Leben, das Gunnar Jannson interessiert?

Der Referent hält einen fetten, sich windenden Wurm in die Luft. Die Zuhörer verziehen angeekelt das Gesicht. Für Vögel mit langen Beinen und spitzen Schnäbeln, sagt er, sei der Wattwurm ein Leckerbissen – und eine Herausforderung. Das Tier kann blitzschnell sein dünnes Hinterteil abstoßen, und was übrig bleibt, macht keinen Vogel satt, rettet aber dem Wurm das Leben.

Mich schreckt der Anblick eines Wattwurms nicht. Ich bin hier aufgewachsen, kenne die spaghettiartigen Sandhaufen auf dem Meeresboden, habe Anglern zugesehen, wie sie mit Spaten im schweren, nassen Sand nach Würmern graben, und mochte nicht zuschauen, wie diese verschreckt zappelnden Wesen an ihren Haken zu Ködern wurden. Ich denke an kindliche Mutproben. Wer kann einen Wattwurm eine Minute lang im Mund behalten? Fünf Mark, wer ihn lebendig verschluckt.

Nach dem Vortrag bummeln wir über die Promenade zum Restaurant. Die Luft ist weich. Die Menschen bewegen sich langsam, als wollten sie von diesem sanften Abend so viel wie möglich einatmen. Wir sitzen auf der Terrasse, lassen unsere

Worte, Sätze, Gedanken entspannt vorüberziehen wie Sommerwolken. Essen. Trinken. Reden. Ein Stück von meinem Leben, ein Stück aus seinem Leben, nicht zu viel, nicht zu wenig, und plötzlich bin ich in diesen Mann verliebt. Es passiert, als er den Fisch kunstvoll auseinandergenommen hat, ohne ihn zu zerstören. Als er aus einer Portion sorgfältig alle Gräten entfernt und sie nicht sich, sondern mir auf den Teller legt. Da stelle ich mir vor, wie es wäre, wenn diese Hände so sorgsam mit mir umgingen wie mit diesem Fisch. Er lacht, als ich sage, ich sei die Schwester von Sisyphos, und natürlich kann er sich meinen Bruder als einen glücklichen Menschen vorstellen.

Über diese Art von Glück denke ich an den Tagen nach seiner Abreise nach, während ich Waschbecken blank reibe, Teppiche sauge, Staub wische, Gunnar Jannsons Zimmer für einen neuen Gast herrichte und mit dem Trotz einer zur Pensionswirtin verurteilen Drehbuchautorin den Frühstücksraum betrete: Guten Morgen, liebe Gäste!

»Zimmerwechsel« sagt man, wenn ein Kurgast aus- und ein neuer einzieht oder: Bettenwechsel. Wobei kein Zimmer das Haus wechselt und kein Bett das Zimmer. Menschen kommen und Menschen gehen. Sie sind es, die Orte, Betten und Zimmer wechseln, sich in der Pension »Ebbe und Flut« vom Alltag erholen und nach zwei bis drei Wochen wieder Zimmer und Betten wechseln. Ich sitze vor dem Belegplan. Im August ist die Dachstube drei Tage lang nicht vermietet. Die Doppelzimmer im Haus 1 sind bis Ende September ausgebucht. Zwischen der Abreise der alten Gäste und dem Eintreffen der neuen habe ich jeweils nur einen halben Tag zum Saubermachen, ein Gedanke, der mir fast keinen Stress mehr macht. Putzen mit Esveranka ist ein Spiel mit strengen Regeln und immer neuen Einfällen. Für die nächsten Zimmerwechsel hat sie einen größeren Umzug der Puppen geplant. Auch Püppen brauchen Tapetenwechsel.

Ich sitze vor dem Belegplan und zähle die Abschiede, die ich als Vertreterin meiner Mutter schon hinter mir habe. Zehn? Elf? Ein Dutzend? Unbekannte ziehen ein und ziehen ein bisschen weniger unbekannt wieder aus. Jeder Auszug fühlt sich an, als werde ein filigranes Gewebe zerrissen. Nicht, dass diese Abschiede schmerzen. Sie sind nur ein kleiner Stich, mehr nicht. Auch unangenehme Gäste lassen etwas zurück, auch sie nehmen etwas mit von mir und diesem Haus. Sogar der Mann, der sein Ei nicht bezahlen wollte, hat hier eine Spur hinterlassen wie einen Fleck auf der Tischdecke, der sich nicht auswaschen lässt. Wenn ich das Zimmer betrete, in dem er gewohnt hat, sehe ich seinen Koffer auf dem Boden und die Wäsche, die über die Ränder hing wie gerade angekommen oder kurz vor der Flucht. Tourismus ist ein besonderes Gewerbe. An das Kommen und Gehen der Menschen muss man sich gewöhnen wie an Ebbe und Flut. Das Wasser, das wiederkommt, ist nicht das gleiche, das sich zurückgezogen hat.

Esveranka hat recht: Ich bin »ergreifend«. Ich schaffe die Tischsets aus Plastik ab, auf denen Möwen und Seehunde verbleichen. Ich kaufe rot-weiß gewürfelte Tischtücher, die an Frankreich erinnern, und Eierbecher aus Glas. Ich sammle Rosenblätter und streue sie auf die Tische, nenne das eine Veredelung des Frühstücks und meine Mutter mit einem ergebenen Seufzer: neureicher Kitsch. Sie kann sich nicht wehren – ich bin hier jetzt die Chefin. Was immer ich an Neuerungen einführe: Sie verdreht die Augen, schüttelt den Kopf und holt tief Luft, um nicht streiten zu müssen. Meine Zeit in der Pension ist zu lang, als dass nicht sichtbar würde, wie sehr sich unsere Einstellung zu dieser Arbeit unterscheidet. Meine Mutter ist pragmatisch, sie bietet Dienstleistungen an: Zimmer und Frühstück gegen Geld. In mir entdeckt sie, spätestens bei der Frage, wie man Gäste bei anhaltendem Regenwetter betreut, eine Kandidatin für die Heilsarmee.

Es regnet seit drei Tagen. Der Wind ist kalt, die Gäste sind mürrisch. Frühstücken, Badetaschen packen, zum Strandkorb pilgern, schwimmen, sonnen, wattlaufen, heißen Backfisch essen, Mittagsschlaf – ihr Sommerprogramm funktioniert nicht mehr. Sie sind unruhig wie Hunde im Zwinger. Sie fragen genervt nach dem Ende des Regens. Ich rufe meine Mutter an.

Mama, sie meckern über das Wetter!

Und?

Sie fragen, wann es besser wird.

Bist du Petrus?

Ich hab gedacht …

Als ich sage, was ich mir überlegt habe, bläst sie viel empörte Luft durchs Telefon.

Und trotzdem: Ich fahre in die Stadt und kaufe eine Spielesammlung. Mensch ärgere dich nicht, Halma, Mühle, Flohhopser, Mikado. Kartenspiele für Anfänger und Anspruchsvolle: MauMau, Bridge, Kanaster, Skat, Schafs- und Doppelkopf. Ich finde ein schönes preiswertes Schachspiel. Ich lege Rätselhefte ins Frühstückszimmer, und meine Gäste beginnen, die Regentage zu lieben. Sie murren nicht, sie knurren nicht, sie spielen. Mittags bestellen sie Pizza, und als die Sonne wieder scheint, treffen sie sich abends im Frühstücksraum und spielen. Sie trinken Bier und Wein, ich besorge ein paar Schnäpse, und da ich nicht weiß, was ein Glas Likör oder Wodka kostet, stelle ich eine Kasse auf und nehme mehr Geld ein, als wenn ich die Getränke berechnet hätte.

Mit der Spielesammlung habe ich in das Leben der Pension, ohne es zu wollen, massiv eingegriffen. Neue Gäste sehen, dass abends gespielt wird, und begreifen mein Angebot, sich während der Regentage hier aufzuhalten, als Urlaubsservice, unabhängig vom Wetter.

Mama, aber geschäftsuntüchtig bin ich nicht!

Ich höre sie atmen. In der langen Stille sagt sie all das nicht, was sie denkt. Ich weiß es ohnehin. Wer die Erfindung meines Gemeinschaftszimmers eine Sandkiste für Erwachsene nennt, findet auch für mich eine passende Beschreibung. Und dazu eine neue Lektion: Eine Pension ist kein Spielkasino.

Wie lange ist das her? Eine kleine Ewigkeit. Am Sonntag, den 28. Oktober 1984 will meine Mutter als Chefin der Pension »Ebbe und Flut« zurückkommen.

Ich habe das absehbare Ende meiner Pensionszeit mit Achim und Klaus-Dieter gefeiert, die die umgebaute Garage »the vacationbungalow« nennen und zu den wenigen Gästen gehören, mit denen ich mich angefreundet habe. Ihr Urlaub ist Mitte Oktober vorbei, nach ihnen werden wieder zwei Männer in den Bungalow einziehen, ein älteres Paar, mit dem sie befreundet sind. Sie haben mich zu einem kleinen Abschiedsimbiss eingeladen.

Die Kartoffeln sind vorgekocht und stehen zum Garen unter der Bettdecke. Wie haben sie es geschafft, die Möhren zu kandieren? Wie kann ihnen eine Sachertorte gelingen? Wie man auf zwei mickerigen Kochplatten einen Haute-Cuisine-Lammbraten machen kann, wird ihr Geheimnis bleiben. Aus der umgebauten Garage riecht es schon vor der Tür nach einem Spitzenrestaurant. Für mich steht fest: The vacation-bungalow braucht einen Herd mit vier Platten und einen Backofen, in den ein großer Schmortopf passt. Schon während ich mir einen kleinen Umbau und eine perfekte Küche vorstelle, weiß ich, dass meine Mutter mit voller Absicht die Möglichkeit, in diesen Räumen zu kochen, eingeschränkt hat. Gemüse- und Bratendämpfe würden sich auf die Wände kleben wie eine Tapete. Der Geruch in die Sessel kriechen. Speisereste Mäuse und Ratten in den Garten locken, und sie muss nach jeder Saison komplett renovieren.

Achim ist Koch in einem schwäbischen Sternelokal. Klaus-Dieter Lehrer für Yoga und Karate. Wir essen, wir reden, wir trinken so viel Rotwein, dass es uns leichtfällt, die Pension »Ebbe und Flut« in ein modernes Touristikunternehmen zu verwandeln. Die aufregendste Idee hat Achim: Wie wäre es, wenn jeder Gast sein ureigenstes Wissen weitergeben würde?

Genau!

Ich bin begeistert. Die meisten Gäste meiner Mutter machen mindestens zwei Wochen Urlaub,

Rentner bleiben auch drei oder vier Wochen. Achim bringt ihnen Kochen bei. Klaus-Dieter bietet morgens Yoga an und den Jüngeren abends Karate. Wer ein Instrument beherrscht, macht Musik, wer vorlesen kann, gestaltet einen Leseabend. Oma Ly kann Strümpfe und Handschuhe mit fünf Nadeln und vier Farben stricken. Jeder gibt weiter, was er kann. Vögel bestimmen, Wetterkunde – jeder Beruf hat seine Kniffe und Geheimnisse. Achim öffnet noch einen Spätburgunder. Wir stoßen an.

Auf die Zukunft der Pension »Ebbe und Flut«!

Meine Mutter wird dann später am Telefon sagen: Nein, kein Meerblick, leider. Aber hätten Sie nicht Lust, Ihr Wissen weiterzugeben? Sie sind Friseurin? Nein, Sie sollen im Urlaub nicht arbeiten! Aber ein Vortrag über Haare wäre doch interessant!

Das ist neu und innovativ. Sie wird sich vor Gästen nicht retten können. Der Gipfel unseres kreativen Rotweinrausches besteht aus einem Pavillon im Garten. Ein gläsernes Universum des Wissens und Könnens unserer Gäste. Und die Werbung? Klaus-Dieter sagt: Sommer! Sonne! Neue Horizonte! Achim sagt: Es müsste sich reimen.

Vor dem Einschlafen schließe ich eine Wette mit mir ab: Wenn die Eule in dieser Nacht schreit, wäre das ein gutes Omen für die Zukunft der Pension, die Gesundheit meiner Mutter, meine neue Liebe, meinen nächsten Film. Ich weiß, dass eine Schleiereule kein einsam-unheimlicher Rufer ist wie das Käuzchen im Krimi – aber das Geräusch, das mich gegen zwei Uhr in der Nacht weckt, ist grässlich. Eine Mischung aus Kreischen und Quietschen, als würde jemand langsam ein verrostetes Gartentor öffnen. Fünfmal. Zehnmal. Eine Warnung? Sollte ich die Umbaupläne lieber für mich behalten?

Ich serviere das Frühstück am nächsten Morgen verkatert. Sobald der letzte Gast das Haus verlassen hat, rufe ich meine Mutter in der Kurklinik an, vor mir den Zettel mit den Notizen, die ich mir bei Achim und Klaus-Dieter gemacht hatte. Eine ganz leise, ganz vorsichtige Stimme sagt, ich solle über den Anruf lieber noch einmal nachdenken – aber warum nicht mit neuen Ideen der Mutter beweisen, dass ich hier nicht nur funktioniere, sondern auch Herz und Verstand in die Zukunft des Betriebes stecke? Ferien auf dem Bauernhof war zuerst auch nur eine verrückte Idee und dann ein Renner. Auch malen lernen, singen, tanzen, meditieren – wie viele Ideen sind mithilfe von Wein, Bier oder Schnaps entstanden? Warum nicht auch: Sommer, Sonne, neue Horizonte.

Mama, hörst du mir zu?

Stille.

Mama, bist du noch da?

Diese Männer in der Garage …

Ja, ich weiß. Schwul, aber nett.

Stille.

Mama? Sag was! Das sind doch tolle Ideen. Oder?

Wer soll das machen?

Na du!

Man hört dem Schweigen meiner Mutter nicht an, ob es aus Empörung, Entsetzen oder Spott besteht. Nach einer Weile formuliert sie mit viel Nachsicht in der Stimme die vorerst letzte Lektion für den Erfolg eines Dienstleistungsbetriebes: Eine Pension ist keine Volkshochschule, mein Kind.

Am 28. Oktober 1984 decke ich zum letzten Mal als Chefin die Frühstückstische, putze die Zimmer, stelle einen dicken Strauß Lilien ins Büro, vielleicht um zu sagen, dass ich jetzt auch ein bisschen dazugehöre.

Es ist kein schöner Tag. Nordseewetter. Regen, Wolken, Wind. Die Gäste lassen sich nicht davon abhalten, vor dem Haus auf das Taxi mit meiner Mutter und ihrem Freund zu warten. Urlauber, die sich angewöhnt hatten, im Frühstücksraum zu spielen, bitte ich um ein paar Tage Pause. Entweder meine Mutter akzeptiert die neue Art der Geselligkeit in ihrer Pension, oder sie erklärt sie zum Spleen ihrer Tochter und schafft sie ab. Aus dem Taxi steigt eine gut erholte, befreit wirkende Frau. Kein schiefer Mund mehr. Sie lacht ihre Gäste an. Eine neue Mutter. Jons Bittermann hat ihr das Versprechen abgenommen, mit siebzig über eine Art von Ruhestand nachzudenken.

Und ich? Fahre endlich zurück in meine Stadt, zu meinen Freunden, meiner Arbeit. Abgesehen von den wenigen Menschen, die mir nahegekommen sind, habe ich alle Gäste vergessen. Geblieben sind Schemen, die in Zimmer einziehen und aus Zimmern wieder ausziehen. Anreisen und abreisen. Sand auf dem Teppich hinterlassen und Zahnpasta im Waschbecken. Ich sehe Taxis ankommen und wieder abfahren. Die meisten Abschiedsgeschenke versenke ich in den Müll. Was soll ich mit künstlichen Muscheln, wenn es echte gibt? Ich bin kein Typ für Bernsteinketten – sieht man das nicht? Wohin mit dem lachenden Gummi-Aal? Sie schenkten mir Rum – haben sie mich je Rum trinken sehen?

Eine Pension ist eine kleine Schule des Lebens. Ich habe sie fast ein halbes Jahr lang besucht. Und was gelernt? Menschen sind wie Pflanzen. Man erkennt sie erst, wenn man ihnen Zeit gibt, sich zu entfalten. Dann weiß man, ob man es mit einem Schneeglöckchen, einer Rose oder einer weißen Lilie zu tun hat. Oder mit einem Kaktus.

Wenn mich heute jemand fragt, wo und wie das mit mir und Gunnar Jannson begonnen hat, sage ich: In der Pension »Ebbe und Flut«, mit zwei Eiern im Glas zum Frühstück und zwei Rollen, die nicht füreinander geschaffen schienen: Gast und Wirtin. Beim Vortrag eines jungen Wissenschaftlers, der den Ehrgeiz hatte, den Wach-Schlaf-Rhythmus der Wattwürmer zu erforschen. Es fing mit Fragen an, die sich Paare beim ersten Rendezvous eher selten stellen: Wann schläft ein Wattwurm? Schläft er überhaupt? Wann ist er wach? Wie erforscht man den Schlaf eines augenlosen Tieres? Sinkt sein Blutdruck, wird sein Atem flach? Wenn er aufhört, Sand zu fressen, schläft er dann? Und ist der Wattwurm das einzige Lebewesen, das Feinde hat, ohne jemandes Feind zu sein? Es jagt nicht, es beißt niemanden tot. Es ist ein Opfer, das nicht zum Täter werden kann. So fing das mit uns an.

So wie eine Ouvertüre verrät, ob ihre Melodien zu einer Operette gehören, einem Musical oder einer tragischen Oper, so verrate, sagen Psychologen, das Kennenlernen zweier Menschen die Grundmelodien ihrer späteren Beziehung. Das ergab, was mich und Gunnar Jannson anging, keine reine Form. Wir können Schnulze und Operette, ich beherrsche den dramatischen Auftritt, der in sich zusammenfällt, wenn der Zuhörer applaudiert oder lacht. Unser Grundton ist Moll, unser Lieblingswetter der Sommer, weil uns der Sommer zusammengeführt hat. Wir haben Stürme hinter uns – wer zieht zu wem, wessen Stadt ist schöner, wessen Dialekt grässlicher: hessisch oder schwäbisch? Wer sich, wie Gunnar, mit dem Wetter beschäftigt, ist auf alles gefasst und weiß, dass auch der heftigste Sturm seine Kraft verliert, wenn er sich ausgetobt hat.

Ich habe gelernt, Bewegungen am Himmel zu deuten. Ich kann Wetterkarten lesen. Gunnar hält dunkle Kinosäle aus, erträgt auch Filme ohne erkennbare Handlung, in Krimis und Serien sind wir beide vernarrt. Der Gedanke, dass aus Gast und Pensionswirtin einmal ein richtiges Paar werden würde, war an jenem Dia-Abend am Meer für mich weiter entfernt als die Erde vom Mond. Wo ich doch errechnet hatte, dass meine Beziehungen selten länger als ein Jahr und acht Monate hielten.

Gunnar Jannson ist jenes Glück in meinem Leben geworden, das ich mir so sehr gewünscht habe, als Jons Bittermann und meine Mutter im Park an mir vorbeigingen. Zwei Menschen, die sich nie begegnet wären, hätte sie der Zufall nicht zusammengefügt. Und jetzt habe ich selbst so eine Geschichte. Wenn Gunnar Jannson nicht vor vielen Jahren zwei Unterkünfte mit gleichem Namen verwechselt hätte, wäre er nie in der Pension »Ebbe und Flut« meiner Mutter gelandet, sondern in einem einsamen, edlen Appartement mit Meerblick. Wenn meine Mutter nicht durch einen Schlaganfall aus ihrem Betrieb gerissen worden wäre, hätte ich sie nicht ersetzen müssen. Wenn er nicht, wenn ich nicht … man kann der Kette der Zufälle eine so lange Vergangenheit verpassen, bis sie tatsächlich wie ein richtiges Schicksal aussieht.

Meine Mutter verkaufte ihre Pension 1996 an ein junges Ehepaar, das versprach, den Betrieb so weiterzuführen, wie er war. Sie wollten ein wenig renovieren, modernisieren, aber die Stammgäste sollten weiterhin das Gefühl haben, ihren Urlaub in vertrauter Umgebung zu verbringen. Den Namen »Ebbe und Flut« wollten sie behalten.

Mit dreiundsiebzig Jahren zog meine Mutter mit wenigen Möbeln und all ihren Puppen zu Jons Bittermann nach Bremen. Meine Schwester hat ihr das Schweigen nur halbherzig verzeihen können, und Jons Bittermann wäre nur ein Freund geworden, wenn er die Geschichte nicht mir, sondern ihr erzählt hätte.

Die kleine Welle im Meer hat recht gehabt: Das Leben hat mir ein Angebot gemacht, und ich habe es, eher unwillig, angenommen. Es hat mir eine Liebe beschert, und aus meinem Drehbuch ist eine Vorabendserie geworden. Einzelne Szenen gefielen mir, die meisten waren so lustig, wie meine Zeit dort nicht war. Pia, die Protagonistin: falsch besetzt. Zu kokett für diese Arbeit, zu naiv. Der Anfang meiner

Liebesgeschichte mit Gunnar Jannson: Kitsch. Aus dem schelmischen Mr. Bitterman haben sie eine Art Nordsee-John Wayne gemacht. Die Versuchung, aus den Puppen meiner Mutter kleine Monster mit leeren Augen zu machen, konnte ich verstehen. Aber ein wenigstens flüchtiger Ausflug in die Vergangenheit hätte der Geschichte der Puppen und der Puppensammlerin den Ernst gegeben, den sie verdient hätte.

Zumal man inzwischen viel über das Leben der Malerin Elfriede Lohse-Wächtler wissen konnte. Ihre Hungerjahre in Hamburg, die Flehbriefe, ihr durch den Kauf eines Bildes zu helfen, ihr Zimmer nicht zu verlieren, ihre Aufenthalte in den Wartehallen der Hamburger Bahnhöfe, wo ihr meine Mutter und Emilya begegnet sind: Hallo, ihr zwei Süßen. Es gab Dokumente über ihren Aufenthalt in der Krankenanstalt Hamburg-Friedrichsberg. Hier ist ihre Sammlung der »Friedrichsberger Köpfe« entstanden, von denen drei Bilder im Flur des Chefs der Puppenfabrik hingen. Hier hatte sich meine Mutter in die »Schmerzhaft Ruhende« verguckt. Und hätte es wirklich das Vorabendprogramm gesprengt, wenn man erfahren hätte, dass Elfriede Lohse-Wächtler und mit ihr siebzigtausend Menschen Opfer der Euthansieaktionen der Nazis geworden war? Wo es doch dieses Wissen war, was meine Mutter als junge Frau dazu brachte, beschädigte Puppen zu sammeln.

Ich habe für so eine Abschweifung gekämpft, mich aber nicht durchsetzen können. Auch nicht Ute, die Gute.

Ein paar Jahre später, ich fahre zu einer Recherche in den Norden, bittet mich meine Mutter, an der Pension vorbeizugehen. Nur mal so, nur mal schauen, was geworden ist, und ein paar Fotos machen.

Ich nehme am Bahnhof den Bus, der in das Seebad fährt. Ich bin aufgeregt, steige zwei Haltestellen zu früh aus und möchte mich dem fremden Betrieb so langsam wie möglich über die Straße nähern, die einmal ein Matschweg war. Hier haben fast alle Häuser Karriere gemacht. Bescheidene Einfamilienhäuser wurden in aufgeblähte Urlaubsbunker verwandelt. Beton in den Vorgärten, breite Auffahrten, üppige Carports. Wir sind schon lange nicht mehr das letzte Haus in der Straße. Neue Siedlungen haben Kühe und Schafe von den Weiden vertrieben, dort parken jetzt die Autos der Touristen. Diese Zukunft hat diese Landschaft nicht verdient.

Ich ahne es, bevor ich es wirklich sehe: Matschweg Nummer 53 ist eine gewaltige Baugrube. Beide Häuser: zerschmettert, zerkloppt zu Schutt und weggekarrt. Die Garage, der vacation-bungalow: ein Loch. Die dichte Ligusterhecke mit den piepsenden Vögeln: ausgebaggert. Der Holunderbaum: gefällt. Meine Eule: geflüchtet. Die Zukunft verrät die Skizze auf einem Plakat. Hier entsteht modernes maritimes Eigentum.

Ich mache keine Fotos. Meine Mutter hat in ihrem Leben genug Trümmer gesehen.

Ich muss aufhören, in dieses große Grab zu starren, sonst springe ich hinein. Jons Bittermann hat beim Anblick meiner im Strandkorb weinenden Mutter darüber nachgedacht, ob der Vorrat an Tränen, die ein Mensch weinen kann, unendlich ist. Ich möchte es nicht ausprobieren.

Königreiche sind versunken. Welten sind untergegangen. Völker vom Erdboden verschwunden. Was ist schlimm am Untergang einer kleinen Pension, die »Ebbe und Flut« hieß und von den Gästen »Puppenpension« genannt wurde?

Meine Erinnerungen kann die dickste Abrissbirne nicht zerstören. Nur die Bilder in meinem Kopf haben jetzt kein Zuhause mehr.

Ich fahre zum alten Friedhof. Ich kratze unter dem Moos den zwölften Buchstaben des Morsealphabets frei, mit der die Liebe meiner Eltern begonnen hat: •–••

Mit diesem Zeichen fing mein Leben an.